Le garçon
de l'intérieur

RAT NOIR

Collection dirigée par
Natalie Beunat et François Guérif

Note de l'auteur

Je me suis librement inspiré d'un village près de Colmar dans le Haut-Rhin pour planter le décor de ce roman. Les événements relatés ici sont pure fiction. Si des personnages peuvent rappeler certaines figures locales, il ne faut chercher à faire aucun rapprochement entre les aventures que je leur fais vivre et leurs existences réelles.

ISBN : 978-2-74-851429-2

1

À l'arrière de la voiture, le front appuyé contre la vitre, la tête ébranlée par les trépidations du moteur, Jules Lascaud laisse son regard vagabonder au-dessus des étendues de champs et de forêts traversées par l'autoroute. Il est comme ça depuis des heures et il a l'impression que cela dure depuis des mois. Il est plongé dans cet état contemplatif depuis son accident, depuis cette fameuse nuit où il est tombé dans le coma et est devenu sourd[1].

Sourd à quinze ans, ce n'est pas comme s'il l'avait toujours été. Il a le souvenir très net de ce qu'il a perdu, le goût amer des mots et des cris et des chansons collé à ses tympans. Ils résonnent encore, parfois

1. Voir, du même auteur, *Silence*, coll. «Rat noir», Syros, 2011.

il croit les entendre, comme ces culs-de-jatte dont les jambes disparues les démangent toujours et qui se grattent inlassablement dans le vide. Il y a des moments où il préférerait être aveugle. Ce silence interminable l'oppresse quand il y pense trop fort ; et il y pense dès que son esprit n'est pas occupé à autre chose.

Il déteste ces longues plages de solitude. Il n'est pas à proprement parler seul en ce moment, mais on ne peut pas dire que ses parents s'occupent beaucoup de lui. Eux sont à l'avant de la voiture. Ils entendent tout ce qui se passe, ils écoutent la radio, commentent les bulletins d'information... Ils se parlent. Sa mère a beau se retourner de temps en temps pour lui offrir de larges sourires, poser une main sur son genou ou glisser ses doigts dans ses cheveux frisés, il s'ennuie.

À côté de lui, sa sœur Jeanne alterne les phases de sommeil et la lecture d'un énorme roman dont elle a embarqué trois autres volumes. Elle a son casque audio sur les oreilles et elle écoute sa musique. Jules se rappelle le temps où il devait négocier avec elle le choix des CD qu'on allait passer. De compromis en disputes incessantes, la moitié du trajet se déroulait au rythme insupportable du R&B déversé par Fun Radio que Jeanne défendait, l'autre moitié au son de la pop anglaise et du rock alternatif de Jules. Il subissait la musique de sa sœur en grommelant, en appelant à l'autorité de ses parents pour qu'ils censurent les radios commerciales. En vain.

Le débat a trouvé une issue définitive avec sa surdité. Que ne donnerait-il pas aujourd'hui pour pouvoir entendre Justin Bieber, son pire ennemi il y a un an encore.

C'est le premier voyage de Jules depuis son accident. Sa première année au centre spécialisé pour malentendants vient de s'achever. Jusqu'à maintenant, il a toujours décliné les propositions de week-ends ou de sorties que ses parents lui ont faites. Il n'a accepté qu'une excursion à la montagne le mois dernier ; et encore, parce que c'était en famille. Ce qu'il craint, c'est la présence d'inconnus. Le simple fait d'aller en ville représente une expédition, une épreuve insurmontable.

Pour ces vacances, ses parents ont réussi à le convaincre : l'Alsace est loin de Toulouse, c'est une région qu'ils n'ont jamais visitée et où ils n'ont aucune connaissance. Ils ne verront personne en dehors des Gruber, la famille qui les accueille dans ce gîte. Les Gruber font partie de l'Association des parents d'enfants sourds, comme les Lascaud, parce qu'ils ont eux-mêmes un fils sourd de l'âge de Jules, seize ans. Il s'appelle Rémi. Les Lascaud et les Gruber ne se sont rencontrés que sur Internet, mais le contact a eu l'air simple et chaleureux. Eux aussi ont une fille, Camille, mais plus âgée de deux ans. Jules a tiqué quand il a appris qu'elle portait ce prénom parce que c'est aussi celui de la jeune fille dont il était amoureux l'an dernier, avant qu'il ait cet accident... et qu'elle l'abandonne. Comment oublier Camille ? C'est pour l'impressionner qu'il avait pris les cachets d'ecstasy qui l'ont plongé dans le coma dont il est sorti sourd.

Camille Gruber vient de passer son bac. Jeanne, qui n'a que quatorze ans, a un peu râlé en disant qu'une fois de plus elle allait se retrouver seule alors que Jules aurait un copain, mais les Gruber l'ont rassurée dans un de leurs mails en lui apprenant que leurs nièces habitaient à cinquante mètres et qu'elles étaient là tout le mois de juillet. Elles seraient ravies de faire la connaissance d'une petite *Française de l'intérieur*. L'expression avait amusé tout le monde, bien que les explications des Gruber aient été nécessaires : c'est ainsi que les Alsaciens appellent leurs compatriotes français vivant de l'autre côté des Vosges, tous ceux qui ne sont pas alsaciens.

Après un rapide conseil de famille, Jules avait accepté de passer quinze jours là-bas et la décision avait été prise de louer le gîte.

À vrai dire, Jules n'est pas fâché de s'éloigner de Toulouse. Au moment où il s'est installé dans la voiture, il a ressenti un immense soulagement à l'idée de changer d'air, même si la perspective de ces vacances lui fait aussi un peu peur.

Il repense à ces six derniers mois passés au centre. Dès la troisième semaine, il a demandé à devenir interne. Ses parents ont encaissé le coup, mais les éducateurs et la directrice leur ont assuré que c'était très bon signe, que cela montrait une volonté d'intégration de sa part. Jules comprend que ça a été dur pour ses parents. Il leur a dit que c'était pour s'immerger totalement, pour apprendre plus vite la langue des signes et parce que les transports en commun représentaient une fatigue supplémentaire. C'était vrai, mais il ne leur a pas révélé qu'il se sentait mieux en présence de sourds qu'avec eux. Comment auraient-ils pu l'accepter? Il les adore, mais quelque chose les sépare définitivement; cette même chose le rapproche de ses camarades de classe. Avec ses potes sourds, même s'il ne savait pas *signer* les premiers temps, il s'est tout de suite senti plus fort. Les élèves du centre se chahutent, se disputent, ils se battent... Personne n'épargne personne, alors qu'à la maison tout le monde est aux petits soins pour lui et ça le gêne. Tout est fait pour lui faciliter le quotidien, pour lui éviter d'avoir à faire ceci ou cela, mais ce n'est pas la vraie vie. Parfois, chez lui, dans sa propre chambre, il a l'impression de ne pas être sorti de l'hôpital. Au centre, il ne se sent pas handicapé. Il se sent sourd, parlant une autre langue, appartenant à une autre famille, avec ses codes, ses blagues, ses références... Un monde à part, en somme.

Et puis, les signes de ses parents sont hésitants, approximatifs. Ce n'est pas comme Jeanne qui apprend très vite. De son côté, Jules n'arrivera pas à lire sur les lèvres avant des années. Il sera donc difficile de tenir une conversation normale en famille pendant longtemps encore.

Ils sont partis tôt ce matin, le soleil se levait à peine. Le premier tiers du voyage a été relativement plaisant, mélange d'excitation causée par la perspective de la nouveauté, et de somnolence due à un sommeil interrompu. Puis la console de jeux a pris le relais jusqu'aux environs de Lyon, mais depuis la pause-déjeuner Jules trouve le temps long. Cela fait six heures qu'ils roulent et il en reste encore quatre ! Les vacances en gîte, c'était une bonne idée, mais pourquoi aller si loin ?

Au fur et à mesure qu'ils s'éloignent de Toulouse, ses appréhensions se transforment en angoisse. Même s'il sait que ces vacances vont lui faire du bien, le centre lui manque déjà.

2

Jules est réveillé en sursaut par une secousse plus marquée. La voiture vient de passer sur une série de ralentisseurs à l'approche d'un rond-point, et sa tête a heurté l'attache de la ceinture de sécurité. Il se frotte la tempe, puis les yeux, en bâillant. Il a dû manquer de discrétion parce que sa mère se retourne en souriant et signe approximativement : « Bon dormi ? » Jules répond « Super » d'une main tout en regardant à l'extérieur. S'ils franchissent un rond-point, c'est qu'ils ont quitté l'autoroute. Pourtant, ils sont toujours sur une quatre-voies. Il fait grand soleil à l'extérieur, et le paysage écrasé de chaleur est magnifique. La route longe une chaîne de montagnes basses ou de grosses collines, recouvertes de vignes jusqu'à mi-pente et d'arbres un peu plus haut. On dirait une mer de vert, avec ses vagues de canopée.

Çà et là, Jules distingue des villages avec chacun son clocher, distants l'un de l'autre de quelques kilomètres à peine. Il a l'impression d'être dans un conte pour enfants, où le temps se serait arrêté. Pourtant, dès qu'il aperçoit le premier panneau, il comprend qu'ils sont passés en Allemagne. Raedersheim 3 km, Guebwiller 5 km, Ungersheim 8 km... Ses parents se sont trompés de direction à un moment donné. Jules tapote sur l'épaule de son père et dit tout haut :

– On est où ?

Son père pointe l'avant de la voiture puis pique vers le sol, l'air de dire : « On y est. » Sa mère confirme par signes : « J'arrive. » Jules comprend qu'elle voulait dire : « On arrive. »

– Mais c'est quoi tous ces noms ? Vous n'avez pas franchi la frontière allemande sans vous en rendre compte ?

Ses parents font « Non » en souriant.

– C'est Schengen maintenant, il n'y a plus de poste-frontière. Peut-être que vous n'avez rien vu, insiste Jules.

Sa sœur pose la main sur son avant-bras :

« Au cas où tu ne le saurais pas, entre la France et l'Allemagne, il y a un petit fleuve de rien du tout qu'on appelle le Rhin. On le saurait si on l'avait traversé. »

– On est en été. Il est peut-être à sec !

Jeanne éclate de rire et lui répond :

« Le Rhin, à sec ?! »

Jules, vexé, se rencogne dans son siège et détourne la tête. Ils ont l'air tellement sûrs d'eux qu'il préfère ne pas s'enfoncer davantage. Pourtant, dehors, les noms de villages défilent, toujours aussi exotiques : Bergholtz, Gundolsheim, Rouffach... Jules se dit qu'il a de la chance de ne pas vivre dans cette région car épeler les noms en langue des signes serait un calvaire.

Son père quitte enfin la quatre-voies et entreprend l'ascension du coteau. Quelques minutes plus tard, ils parviennent à Nerhussen, leur destination finale, au terme d'un voyage de dix heures. Le village est au sommet d'un mamelon surplombé par deux collines dont la plus imposante est chapeautée par trois tours en ruine.

Épuisés, les Lascaud s'extraient de la voiture et contemplent l'immense plaine qui s'étend sous leurs yeux. La mère de Jules s'approche de lui et, après avoir désigné l'horizon, lui explique :

« Allemagne. Forêt-Noire. »

Puis elle pointe le doigt vers la ville devant eux et ajoute :

« Colmar. »

Elle fait un geste vague de la main pour signifier « Tout là-bas » avant d'épeler :

« Strasbourg. »

Ils sont dans une ferme qui ne ressemble en rien à celles que Jules est habitué à voir dans le Lauragais ou le Comminges autour de Toulouse. Ici, le sol est pavé, des géraniums pendent à tous les rebords de fenêtres, les murs aux couleurs vives sont à colombages et les boiseries ont été récemment repeintes. La cour s'apparente davantage à celle d'une maison bourgeoise qu'à celle d'une exploitation agricole. Il y a bien un hangar sous lequel est rangé du matériel agricole, et le rez-de-chaussée de l'une des trois maisons abrite d'immenses cuves à vin en inox, mais tout est dans un tel état de propreté qu'on pourrait douter que ces bâtiments soient utilisés. On se croirait dans la ferme témoin d'un promoteur immobilier.

Deux personnes âgées sortent de la maison la plus ancienne et viennent à leur rencontre. Deux adolescents, probablement Rémi et Camille, apparaissent à l'étage de la deuxième maison, celle qui a été bâtie au-dessus du chai. Ils descendent les marches d'un escalier extérieur pour les rejoindre dans la cour. Les vieux se tiennent légèrement courbés et les bras écartés, à la manière de ceux qui ont travaillé la terre toute leur vie. Quand ils sont tout près, Jules constate qu'ils ont en effet le teint hâlé et les mains calleuses. La ferme est peut-être immaculée, mais leurs corps sont marqués par l'effort et les intempéries.

C'est la femme qui parle. Elle s'adresse aux parents de Jules, puis leur serre la main. Les adolescents l'imitent, ainsi que leur grand-père, et tout le monde finit par serrer la main à tout le monde. Le jeune homme ajoute un petit signe à l'intention de Jules, un bonjour discret auquel Jules répond en souriant. Rémi est plus grand que lui, plus maigre aussi, mais pas chétif. Athlétique plutôt. À voir la façon dont Jeanne le regarde, à la dérobée, Jules comprend que c'est le genre à plaire aux filles. Il doit reconnaître que Rémi n'est pas mal du tout avec ses cheveux châtains et ses yeux marron, mais que dire de sa sœur?! À l'instant même où il pose les yeux sur elle, Jules sent une boule se former dans son ventre, ou sa poitrine, ou son cœur... Il ne saurait dire où exactement, mais quelque chose à l'intérieur de lui vient de recevoir un coup de poing et de se nouer pour toujours. Elle est... Il n'a pas de mots pour décrire ce qu'il voit. Il est frappé autant par la beauté de ses traits que par la douceur de son visage et la dureté de son attitude. Camille est une femme, pas une gamine comme l'autre Camille dont il croyait être amoureux. Et pourtant, elle n'a que dix-huit ans! Elle dégage quelque chose d'incroyable... Elle pourrait lui ordonner n'importe quoi, Jules s'exécuterait sur-le-champ. Elle est aussi grande que son frère, mais ses mains, ses bras et ses jambes sont moins secs, plus chaleureux... Pas comme son regard qui, bien que poli, est hautain. Regard qu'elle n'a d'ailleurs toujours pas posé sur Jules. Lui ne peut détacher le sien de cette apparition, alors qu'elle semble n'avoir pas seulement remarqué sa présence.

Les grands-parents Gruber les précèdent dans la maison qui fait face à la leur, sur laquelle a été apposé le logo «Gîte de France». C'est une construction récente de plain-pied qui, avec le hangar agricole, clôt la cour. La grand-mère Gruber explique que la terrasse du gîte est commune aux trois habitations; c'est souvent là que tout le monde se retrouve. Jules comprend que Rémi, sa sœur et ses parents vivent au-dessus du chai occupé par les cuves. Autrement dit, la famille Gruber, toutes générations confondues, vit non pas sous le même toit mais à la même adresse; les maisons forment une espèce de fortin replié sur lui-même, que seul le large portail relie à l'extérieur.

Pendant qu'à la tête de la procession, les grands-parents délivrent explications et instructions quant aux draps rangés dans tel ou tel placard, au robinet d'eau chaude qui est à droite au lieu d'être à gauche comme d'habitude, et au fonctionnement du décodeur pour la télé câblée, Rémi prend Jules à part et lui demande s'il sait signer. Jules répond que oui, bien sûr, et le visage de Rémi s'illumine.

«J'avais peur que tu sois un oraliste», explique-t-il.

«Je parle aussi parce que je suis un *devenu sourd*, mais je ne lis pas sur les lèvres.»

«Moi, je ne parle pas. Je suis un vrai sourd-signeur. Je lis un peu sur les lèvres quand même, parce que c'est parfois utile, mais je ne le dis pas, comme ça je peux surprendre des conversations entre *entendants*. Ainsi, j'apprends plein de choses sans qu'ils s'en doutent. »

« Pas bête ! »

Puis Jules lui demande s'il est habituel en Alsace d'habiter dans le même village que ses grands-parents, presque au même endroit. Rémi s'amuse de la question et réplique qu'il n'a encore rien vu : il y a aussi Benoît, son oncle célibataire, le frère de son père Denis. Lui vit dans un studio indépendant aménagé dans une partie de la maison des grands-parents. Les deux frères travaillent ensemble sur le domaine. Il ajoute en faisant une mimique ironique qu'Anne, la sœur aînée de la fratrie, a pris ses distances quand elle s'est mariée : elle a fait construire une maison sur une ancienne parcelle de vigne, de l'autre côté de la route, pile en face de la ferme. Il désigne une magnifique maison bleue :

« Elle a deux filles, Chloé et Amandine, qui ont le même âge que ta sœur. Elles sont jumelles. »

Jules lui demande si ce n'est pas lourd, parfois.

« Non, ça va. C'est plutôt sympa. »

« Et tes parents, ils sont où ? »

« Ma mère est au travail, elle est réceptionniste à l'hôtel des Trois Tours. Mon père est dans les vignes, il rogne aujourd'hui, il ne devrait pas tarder. »

« Il quoi ? »

« Rogne. »

Constatant que Jules ne connaît pas le signe, un peu spécifique, Rémi décide d'épeler le mot :

« R-O-G-N-E. Il coupe les feuilles en trop dans les vignes. La végétation a beaucoup poussé ces temps-ci à cause de la pluie qui est tombée la semaine dernière et du soleil qu'il a fait les jours suivants. »

Jules a une moue admirative devant les connaissances de son nouvel ami.

« Il t'arrive d'aider ton père ? »

« La question est plutôt de savoir quand il m'arrive de ne pas l'aider. Cet après-midi, je n'y suis pas allé parce que je savais que vous alliez arriver et mon père voulait que je sois là pour vous accueillir, mais sinon j'y suis tout le temps. »

« Ça doit être chiant. »

« Tu rigoles ? J'adore ! Dehors, en plein air, libre, sous le soleil ou sous la pluie, c'est la nature qui décide, tu travailles en fonction des saisons, sans personne pour t'embêter... Il n'y a que dans les vignes que je me sens bien ! »

« Tu ne seras pas là, alors, pendant la journée ? »

« Si, ne t'en fais pas. Mon père m'a autorisé à passer du temps avec toi. C'est un peu pour ça que tes parents ont choisi ce gîte, parce qu'il y avait un sourd comme toi. »

« Je ne veux pas t'empêcher de faire ce que tu veux », s'inquiète Jules.

«Oh, tu sais, en été, il y a moins de travail qu'au printemps ou au moment des vendanges. Et puis, tu n'auras qu'à venir avec moi. Tu verras, ça te plaira.»

«Je n'y connais rien.»

«Je t'apprendrai. T'as déjà conduit un tracteur?»

«Hein?! Mes parents ne veulent même pas que je monte sur un scooter.»

«Je te montrerai, c'est très simple.»

«D'accord, mais il ne faudra pas le leur dire.»

«Si tu ne leur dis pas que je sais lire sur les lèvres, je ne leur dirai pas que tu conduis le tracteur de mon père. Allez, viens, on va décharger vos bagages.»

Au moment de ressortir du gîte, Jules essaie de croiser le regard de Camille, mais la jeune fille, qui se tient auprès de sa grand-mère, l'ignore superbement. Pourtant, elle a échangé quelques mots avec Jeanne qui lui a parlé comme elle le fait quand elle est impressionnée, en souriant timidement et en se triturant les doigts.

Une heure plus tard, les lits sont faits et le contenu des valises rangé dans les placards. Toute la famille est installée. Les cousines, Chloé et Amandine, sont venues faire la connaissance de Jeanne et l'ont déjà invitée chez elles. Elles se ressemblent tellement qu'il est impossible de distinguer l'une de l'autre... De véritables jumelles. Rémi, quant à lui, a entraîné Jules à la découverte du village pendant que ses parents sont remontés dans la voiture pour aller faire des courses à Colmar. Tout le monde s'est donné rendez-vous vers dix-neuf heures car il a été convenu que les Toulousains seraient les invités des Gruber pour leur première soirée en Alsace. Les parents de Jules et Jeanne ont eu beau protester, la grand-mère a insisté pour les avoir à table :

– Il ne sera pas dit que je laisse des visiteurs faire la cuisine après un si long voyage. Et le sens de l'hospitalité, qu'est-ce que vous en faites ?

Cependant, à l'heure dite, alors que tous sont réunis sur la terrasse autour de bretzels frais et d'une bouteille de muscat d'Alsace ouverte par le grand-père Gruber, Denis et son frère Benoît ne sont toujours pas rentrés des vignes. Karine, la mère de Rémi et de Camille, qui a à peine eu le temps de se changer après sa journée de travail à l'hôtel du village, ne cesse de s'excuser pour le retard de son mari. Elle interroge sa belle-mère :

– Ils n'ont pas oublié tout de même ?

– Ils ont peut-être eu un problème avec le tracteur. Ce ne serait pas la première fois que la rogneuse fait des siennes.

Au bout d'un moment, elle demande à Rémi de commencer à préparer le feu pour les grillades et, pendant que sa belle-sœur, Anne, et son mari Philippe bavardent avec les nouveaux occupants du gîte, elle appelle Denis sur son téléphone portable.

– Ça sonne occupé.

– Raccroche donc, il est peut-être en train d'essayer de t'appeler.

Le grand-père de Rémi ouvre une deuxième bouteille, les bretzels sont terminés. Jules observe ses parents et devine qu'ils parlent de lui. C'est la première fois qu'il se trouve au milieu d'un si grand nombre d'entendants, cela le met mal à l'aise. Il s'éloigne de la table sur laquelle il n'y a de toute façon plus rien à picorer et suit Rémi qui part chercher du bois.

Une demi-heure passe, et toujours pas de nouvelles des deux vignerons. Camille est retournée dans sa chambre en demandant qu'on l'appelle quand on passerait à table, Jeanne et ses deux nouvelles copines ont disparu, elles sont probablement allées faire de la Wii. Les garçons entretiennent le feu dont les braises sont depuis longtemps prêtes. Karine Gruber essaie à nouveau d'avoir son mari au téléphone mais ça sonne toujours occupé. À bout de patience, elle demande à son fils d'aller le chercher d'un coup de vélo.

« Dans quelle parcelle ? »

« Qu'est-ce que j'en sais ?! » répond-elle, agacée.

Rémi entraîne Jules et les voilà partis sur la route goudronnée qui va en direction des vignes. Avant de plonger dans une combe boisée, l'asphalte laisse place à un chemin de terre. C'est là que Rémi s'arrête pour scruter les rangées de vigne, aussi parallèles et alignées que si la colline avait été passée au peigne. Jules fait remarquer que le jour tombe plus tôt ici qu'à Toulouse.

«C'est le décalage horaire, lui explique Rémi en riant. On est beaucoup plus à l'est que vous. Il y a presque un fuseau horaire entre vous et nous.»

En provenance des chemins caillouteux qui sillonnent la colline, sur le flanc qui descend dans un ravin sombre, Rémi distingue des lumières tremblotantes. Il tapote sur l'épaule de Jules, absorbé par le spectacle de la nuit qui s'installe sur la plaine rhénane, et lui désigne ce qui ressemble à des lampes torches:

«Ce sont eux, là. Ils sont dans les rieslings.»

«Les quoi?»

«R.I.E.S.L.I.N.G. C'est un cépage.»

Jules ne sait pas de quoi il parle mais n'a pas le temps d'avouer son ignorance; Rémi s'est déjà remis en selle et dévale la pente, Jules n'a plus qu'à le suivre.

En arrivant sur place, ils constatent que l'oncle et le père de Rémi ne sont pas seuls. Sur le bord de la route, un fourgon bleu est garé, et les frères Gruber sont en train de parler avec un gendarme pendant que deux de ses collègues sont penchés vers le sol, comme s'ils cherchaient des traces de pas. Jules est surpris de voir Rémi se diriger sans hésiter vers le gendarme avec qui son père converse, puis lui serrer la main comme s'il le connaissait. Il reste un peu en retrait mais Denis vient à lui et l'accueille en signant:

«Tu dois être Jules?»

Jules approuve de la tête et note que les mains du père de Rémi sont plus habiles que celles de ses parents. Rémi est né sourd, son père a donc seize années de pratique.

«Enchanté. Je suis Denis.»

Jules devine les efforts du père de Rémi pour rester amène malgré les circonstances.

«Je suis désolé de ce retard, mais comme tu peux le constater, on a un petit problème ici.»

D'un geste de la main, Denis Gruber montre les pieds de vigne derrière lui, ou plutôt l'absence de pieds de vigne. Il fait sombre, mais Jules parvient à distinguer la cicatrice blanche des troncs qui ont été coupés net dans les rangées alentour. Les sarments de vigne ne sont plus retenus que par les fils de fer, les grappes de raisin pendent comme des corps sans vie que l'on aurait laissés à la vue de tous, pour l'exemple.

Denis retient Rémi qui s'est avancé vers les troncs sectionnés.

«Non, signe-t-il en toute hâte. Il ne faut pas s'approcher. Les gendarmes relèvent les indices qui permettront éventuellement d'identifier celui qui a fait ça.»

«Pourquoi? demande Rémi, visiblement très affecté par le spectacle qui s'offre à sa vue. Pourquoi nos vignes?»

«Il n'y a pas que les nôtres qui aient été touchées. Celles de Geiss aussi, là, de l'autre côté du chemin.»

«Tu l'as prévenu?»

«Les gendarmes l'ont fait.»

«Il est où?»

«Il est venu mais il n'est pas resté. Il a dit qu'il ne souhaitait pas porter plainte. Que ça ne sert à rien. Que c'est impossible de retrouver le coupable et que les assurances ne rembourseront presque rien de toute façon parce qu'il ne s'agit pas d'une catastrophe naturelle... Il n'a pas tort.»

«Vous avez porté plainte, vous?» demande Jules après avoir hésité à s'immiscer dans la conversation.

«Je n'ai pas les moyens de Geiss, lui explique le père de Rémi en faisant une mine amère. Si je peux gratter ne serait-ce que quelques centaines d'euros, je ne vais pas m'en priver. Lui n'est pas à ça près.»

«Pourtant, c'est un sacré manque à gagner, renchérit Rémi. On en a pour des années avant que ça redonne des raisins de cette qualité.»

«Geiss n'a eu que quelques pieds coupés. C'est surtout nous qui sommes concernés. Ce dont j'ai peur, c'est qu'ils recommencent. On ne peut rien contre ça. On ne va tout de même pas camper dans les vignes jusqu'aux vendanges.»

«Je dormirai ici ce soir!» signe Rémi en bombant le torse.

«Ne dis pas de bêtises.»

«Je ne les laisserai pas massacrer nos vignes sans réagir.»

«Et que feras-tu s'ils reviennent?»

«Jules restera avec moi. À nous deux, on peut les mettre en déroute.»

Si l'heure n'était pas aussi grave, Denis Gruber serait amusé par la véhémence de son fils. Sa réaction d'une naïveté touchante démontre son attachement à la terre de ses ancêtres et à leur outil de travail. Mais pour l'heure, il a encore à faire avec les gendarmes:

«Ne sois pas ridicule. Jules est en vacances, il n'est pas venu jusqu'ici pour faire le vigile. Les gendarmes m'ont promis de faire des rondes.»

«Mais, je...»

«Rentre à la maison, le coupe-t-il. Rassure ta mère, dis-lui que j'arrive et demande aux parents de Jules de m'excuser.»

Rémi s'exécute et entraîne Jules vers les vélos qu'ils ont abandonnés un peu plus haut.

La nouvelle fait l'effet d'une bombe au sein de la famille: stupeur, incompréhension, abattement... Puis colère. Chacun réagit à sa manière mais le sentiment est le même pour tous: toucher aux vignes est sacrilège. C'est s'en prendre à ce qu'ils ont de plus cher, cela revient à cracher sur le travail des hommes, profaner les tombes des aïeux... Il n'y a rien de pire pour un viticulteur. Le grand-père Gruber se met à tourner en rond, comme s'il cherchait quelque chose sur quoi taper ou à saisir pour s'en faire une arme, n'importe quoi, comme on attrape un fusil sur son râtelier. Jules le voit marmonner et probablement proférer des jurons et des menaces.

Les parents de Jules proposent de se retirer, mais Karine insiste pour qu'ils partagent le dîner de bienvenue avec eux malgré tout.

Quand le père et l'oncle de Rémi rentrent enfin, le repas est froid. Il est servi tel quel, sans chichis. L'heure n'est plus à la fête de toute façon. Les hommes boivent plus qu'ils ne mangent, beaucoup et vite. Ils descendent leurs verres avec rage, comme s'il s'agissait de partir en guerre après ça. Les femmes sont plus retenues, elles trinquent avec les parents de Jules mais on parlera du gîte et des activités à faire dans la région plus tard. Pour l'instant, on écoute Denis raconter en mots et en signes comment il a découvert la scène de désolation :

– Le pire, c'est que je n'ai pas tout de suite vu qu'elles étaient coupées. J'ai commencé à les rogner normalement. C'est quand les pieds se sont mis à danser dans tous les sens et à venir se coincer dans les lames que j'ai compris qu'il y avait un problème.

– Combien de pieds? demande la grand-mère Gruber.

– J'en ai compté trois cent quarante-deux. Celui qui a fait ça a utilisé une tronçonneuse, ça n'a pas dû lui prendre plus de dix minutes.

– Trois cent...!?

Les mots restent coincés dans la gorge de la vieille paysanne. C'est elle qui fait la comptabilité de l'exploitation, elle sait la perte que cela représente. Il faudra des années avant que de nouvelles vignes donnent des raisins en quantité et d'aussi bonne qualité.

– Sans compter les vingt-quatre du côté de chez Geiss. Mais lui, il a dit aux gendarmes qu'il ne portait pas plainte.

– Celui-là... dit la mère de Denis sans achever sa phrase pleine de sous-entendus.

Un silence funèbre s'installe, que même Rémi et Jules perçoivent. On a fini de grignoter, les hommes n'ont presque rien mangé. La mère de Jules s'excuse auprès des Gruber :

– Nous sommes fatigués par le trajet. Nous allons vous laisser maintenant.

– Bien sûr. Désolée de vous avoir accueillis de cette façon, répond Karine.

– C'est nous qui sommes désolés pour vous. J'espère que ça va aller... Que vous trouverez le coupable et que les assurances vous dédommageront.

– Bonne nuit. Soyez les bienvenus, Denis ajoute-t-il pour finir.

Étendu torse nu sur son lit, surpris par la chaleur qu'il fait encore à une heure si tardive alors qu'il imaginait avoir froid en Alsace, Jules repense aux événements de la soirée. Lui à qui on avait vanté la tranquillité alsacienne et la lenteur du rythme de vie de cette région préservée, épargnée par le temps et les remous de la vie moderne... Il en est pour ses frais. Ils sont là depuis quelques heures à peine et, déjà, c'est la guerre. Ça lui rappelle ces westerns dans lesquels les familles d'éleveurs s'affrontent et les comptes se règlent à coups de bétail volé ou de granges pillées. Au fond, quoi de plus fragile qu'une plante ? Si la vigne vaut de l'or ici, que n'est-elle aussi bien gardée qu'un trésor ? Mais il est vrai que si on peut mettre son argent dans un coffre, il est plus difficile de protéger des champs.

Avant de s'endormir, épuisé par les paysages traversés et les nouveaux visages rencontrés qui dansent sous ses paupières, Jules lève le bras en direction de la lune, pleine ce soir, et en ombres chinoises signe les sept lettres de la dernière image qu'il veut garder de cette longue journée : C.A.M.I.L.L.E.

3

Le lendemain matin, quand Jules apparaît dans la cuisine, ses parents et Jeanne sont déjà levés et habillés. Il s'étire pendant que sa sœur explique qu'elle a été réveillée aux aurores par le tracteur de Denis. Avec sa fenêtre ouverte, elle a eu l'impression qu'il allait entrer dans sa chambre lorsqu'il a démarré. Jules lui répond qu'il ne va pas la plaindre : il aimerait bien pouvoir être réveillé par le bruit d'un moteur. Jeanne hausse les épaules pendant que leurs parents disent quelque chose que Jules n'entend pas, évidemment, mais à voir leurs mines épanouies, il comprend qu'ils ont très bien dormi, eux.

Il est encore en train de déjeuner lorsque Rémi fait irruption dans la cuisine pour lui proposer une excursion jusqu'aux trois tours. Jules regarde ses parents pour savoir s'il a leur autorisation, mais ceux-ci n'ont visiblement rien compris à ce que vient de «dire» Rémi, qui signe trop vite pour eux. Jules a recours à la parole:

– Rémi me propose de monter aux trois tours. Je peux y aller?

Sa mère approuve de la tête et Jules parvient à deviner un «Oui, bien sûr!» sur ses lèvres car les médecins lui ont appris à parler lentement et bien en face d'un interlocuteur sourd.

Jules engloutit les deux tartines qui lui restent et file s'habiller. Deux minutes plus tard, il rejoint Rémi qui l'attend dans la cour.

«Pourquoi tu leur parles, à tes parents?»

«Ben... Parce que... c'est plus simple pour eux.»

«Ils ne connaissent pas la langue des signes?»

«Si, mais ils ne sont pas très à l'aise encore. Ils ne pratiquent pas beaucoup.»

«Justement. Plus tu signeras avec eux, plus vite ils apprendront.»

«Ils font déjà l'effort d'apprendre.»

«Ta langue, maintenant, c'est celle des signes. C'est à eux de s'adapter. Sinon, tu resteras un oraliste toute ta vie et ils ne maîtriseront jamais vraiment la langue des signes.»

«Je suis un devenu sourd, tu le sais très bien. Je ne peux pas leur demander de faire comme si j'avais toujours été sourd.»

«D'accord. Mais toi, qu'est-ce que tu veux? Rester un devenu sourd toute ta vie ou devenir un vrai sourd? Il te faudra choisir ton camp à un moment donné.»

«Tu ne peux pas comprendre, tu n'as jamais entendu ni parlé. Je ne peux renier ce que j'ai été jusqu'à l'an dernier.»

«C'est toi qui ne comprends pas: tu connais à peine le monde des sourds, tu te sens encore un entendant. Toute ma famille a appris à signer, même mes grands-parents connaissent quelques rudiments.»

«Ce n'est pas pareil, tu es né comme ça.»

Jules détaille son compagnon. Heureusement que Rémi ne s'est à aucun moment départi d'un sourire bienveillant car il aurait pu penser qu'ils étaient en train de s'engueuler.

Les deux adolescents entament l'ascension du village tout en dévers. La rue de l'Église est raide. Des odeurs de soufre planent, Rémi lui explique qu'elles proviennent des vignes que l'on traite contre les maladies; le soleil illumine les trois tours en ruine, point de mire de leur promenade.

«Comment tu fais dans le village?»

«Comment je fais quoi?» demande Rémi.

«Pour communiquer avec les gens?»

«Je connais tout le monde mais je n'ai pas vraiment d'amis à Nerhussen. Mes potes, ils sont tous à mon école pour sourds à Illzach.»

«Tu es le seul sourd à Nerhussen?»

«Oui, mais en dehors de ma famille, il y a un signeur tout de même!»

«Ah?»

«Charala.»

«Ch... quoi?»

«C.H.A.R.A.L.A. Ça veut dire Charles en alsacien. Il sait un peu signer parce que son fils était sourd. C'était il y a longtemps, il est mort maintenant.»

«Charala?»

«Non, le fils. Charala est un vieux monsieur super gentil, je vais souvent le voir. Il radote un peu, il raconte toujours la guerre, tout ça... C'était un malgré-nous.»

«Un malgré-nous? Qu'est-ce que ça veut dire?»

«Tu ne connais pas?»

Jules fait non de la tête.

«Qu'est-ce qu'on vous apprend en Histoire, en France de l'intérieur?!»

« Tu ne vas pas t'y mettre, toi aussi!»

Voyant qu'il a presque vexé son ami, Rémi interrompt sa marche pour lui expliquer:

«Les malgré-nous, ce sont les Alsaciens qui ont été enrôlés de force par les Allemands pendant la Seconde Guerre mondiale. Après la guerre, on le leur a reproché et ils en ont ressenti une grande injustice. Ça a été un traumatisme pour ces jeunes gens.»

Jules remarque l'air grave que vient de prendre son hôte à l'évocation d'événements qui lui paraissent pourtant lointains. Ce dernier continue :

« Charala, lui, il a porté trois uniformes différents : le français d'abord quand il a été mobilisé en 39 ; puis l'allemand en 40 quand l'Alsace a été annexée... Tu sais que l'Alsace a été annexée tout de même ? » dit-il en fronçant les sourcils.

Jules s'empresse d'opiner du chef même si ce chapitre de l'histoire lui avait échappé.

« Et enfin le russe lorsqu'il a été fait prisonnier par les Soviétiques sur le front de l'Est. Comme il était français d'origine, ils lui ont laissé le choix : le camp de prisonniers en Sibérie, dont on connaissait la réputation, ou servir dans l'Armée rouge, sachant que cela impliquait de se battre contre des malgré-nous en face... Peut-être des cousins ou des amis. Il a été blessé et envoyé en hôpital militaire, et voyant que les Russes avançaient et le garderaient, il s'est échappé. Il a traversé une partie de l'Ukraine et de l'Allemagne à pied avec sa jambe blessée. Pour finir, il s'est fait capturer par les Américains qui l'ont pris pour un déserteur allemand au moment où il traversait le Rhin, à vingt kilomètres de Nerhussen. Ils l'ont gardé six mois avant de réaliser qu'il était français. »

« C'est dingue, cette histoire ! »

« Tiens, justement, le voilà, Charala. »

Un vieux monsieur à l'allure d'un chêne fatigué mais toujours debout, une main appuyée sur son portail et l'autre agitant une béquille pour héler les deux jeunes gens, se tient sur le trottoir à l'angle de la rue de l'Église. À voir ses larges épaules et sa poitrine massive, on devine que l'homme a été une force de la nature. Aujourd'hui, il a tout du vieux paysan tel qu'on se le figure : il porte une casquette aussi usée que lui, des charentaises élimées et un bleu de travail qui doit être sa tenue en toutes circonstances. Il adresse à Rémi un large sourire. Celui-ci le lui retourne. Une joie non feinte de se voir éclaire leurs deux visages pourtant distants de plusieurs dizaines d'années et autant de rides. Si le vieil homme est le seul signeur du village, Rémi est probablement le seul jeune à lui rendre visite.

« C'est le Français de l'intérieur dont tu m'as parlé ? » signe-t-il grossièrement.

« Jules ! précise Rémi avant de poser sa main sur l'épaule de son nouvel ami. Il vient de Toulouse. »

Charala lâche le portail pour tendre la main au nouveau venu. Il dit ensuite quelque chose en oubliant que les garçons ne peuvent l'entendre, avant de passer à l'intérieur. Rémi le suit comme si cela faisait partie de ses habitudes.

La pièce unique dans laquelle vit le vieil homme est imprégnée d'odeurs de tabac froid et de cuisine réchauffée. Les traces de brûlures de cigarette le disputent aux reliquats de confiture et de sauces diverses sur la nappe en toile cirée. Jules devine un lit défait dans la partie la plus sombre de la pièce, tout au fond. Au mur, des portraits plus ou moins datés et l'image du pape. Et puis, trônant sur le buffet, la télévision, déjà allumée. Charala pousse les restes du repas de la veille, saisit deux verres dans le buffet et propose un café aux jeunes gens. Rémi accepte spontanément alors que Jules, plus sceptique, inspecte l'état de propreté du verre d'un air dubitatif.

«Non merci», signe-t-il.

«Tu préfères un verre de blanc?» demande Charala.

Jules le regarde, interloqué, pas certain d'avoir saisi le sens de ce que vient de signer le vieil homme. Heureusement, Rémi est là pour lui rappeler qu'il n'est que neuf heures du matin. Le vieil homme sert finalement un café à tout le monde, faisant fi des protestations de Jules. Il interpelle Rémi:

«Il paraît que ton père a eu un problème dans ses vignes?»

«Comment tu sais ça?»

«C'est Simone qui me l'a dit ce matin en m'apportant le pain et le journal. Au magasin de Martine, tout le monde en parle. Il paraît que ça se sait dans tout le canton.»

«Et qu'est-ce qu'on dit?» fait Rémi, visiblement agacé par la vitesse à laquelle la nouvelle des ennuis de sa famille s'est propagée.

«Que vous avez eu des vignes tronçonnées. C'est donc pas vrai?»

«Si, mais il n'y a pas que les nôtres. Celles de Geiss également.»

«Oui, mais lui il ne porte pas plainte.»

«Tu as appris cela aussi? Eh bien dis donc, on dirait que tu en sais autant que moi!»

«Tu sais comme c'est ici...»

«Oui. J'espère seulement que si les gens apprennent qui a fait ça, ils seront aussi bavards.»

«Ah, ça! On m'a rien dit. C'était dans quelle parcelle?»

«Les rieslings, dans la combe, avant d'arriver aux quetschiers.»

Le vieil homme fait un effort pour visualiser ce que vient de lui dire Rémi, comme s'il interrogeait sa mémoire.

«Et celles de Geiss?»

«Juste à côté, en remontant vers la route.»

Charala opine du chef. On dirait qu'il vient d'avoir confirmation de quelque chose dont il se doutait depuis un moment.

«Quoi?» interroge Rémi.

Jules observe son ami du coin de l'œil, puis le vieil homme toujours plongé dans ses réflexions.

«Qu'est-ce qu'il y a, Charala?»

«Autrefois, avant le remembrement, c'était une seule et même parcelle.»

« Comment ça ? »

« Ton grand-père, Pierre, en a obtenu une partie en échange d'une parcelle plus grande qu'il avait en plaine et qui intéressait le vieux Geiss.

« Et alors ? »

« Avant ça, elle avait appartenu aux Stahl. »

« Qui ? »

« Les Stahl. Ils sont tous morts, fusillés à la Libération... Toute la famille. Les parents, les deux fils. Condamnés à mort par un tribunal de la Résistance. Ils sont enterrés au cimetière. »

« Quel rapport ? »

« C'est bizarre qu'aujourd'hui les deux parcelles aient été tronçonnées en même temps. »

« Pourquoi ? »

« Parce que c'est le père de Geiss, François, qui a racheté les vignes des Stahl aux enchères pour une bouchée de pain après leur exécution. »

« Et alors ? »

« Profiter du malheur des gens pour acheter leurs vignes, c'est pas charitable. »

« S'ils ont été condamnés par la Résistance, c'est qu'ils l'avaient mérité. C'est normal que les collabos aient été punis. »

« Tous ceux qui ont été punis n'étaient pas des collabos, et tous les collabos n'ont pas été punis. Voilà ce que je dis. »

Rémi s'avance sur son siège, sa curiosité aiguillonnée par les allusions du vieil homme qui, assurément, ne dit pas tout.

«Je ne comprends pas, Charala. De qui parles-tu?»

«De personne. Tout ce que je dis, c'est qu'il faut voir à qui la guerre a profité. Les Geiss, avant la guerre, ils n'étaient déjà pas à plaindre, mais après la guerre ils avaient doublé la surface de leur domaine, alors que les Stahl, ils ne faisaient de mal à personne, et pourtant ils y ont tout laissé, même leur peau.»

Le vieil homme se lève brusquement, sort un mouchoir de sa poche et essuie ses yeux embués de larmes. Rémi n'insiste pas, et Jules se garde de tout commentaire. Un long silence s'installe, pendant lequel Rémi sirote son café tout en soufflant dessus pour le refroidir. Charala s'attarde sur l'écran de télévision. Un présentateur est en train de faire la démonstration des mérites d'un vélo d'appartement pliable et équipé d'une multitude de capteurs et d'écrans. Jules attend avec impatience le moment où ils vont enfin pouvoir reprendre leur promenade. Charala est décidé à changer de sujet de discussion:

«Rémi t'a dit que je savais signer?»

«Oui, je le lui ai dit. De toute façon, il le voit bien que tu sais signer.»

«Et il t'a dit que je connaissais Toulouse?»

«Non», répond Jules, faisant semblant de s'intéresser.

«J'avais un ami à Montauban, du régiment. Une fois, il m'a emmené à Toulouse. On a tout visité : la grande place qu'il y a au centre, comment elle s'appelle déjà ?»

«Le C.A.P.I.T.O.L.E.»

«C'est ça ! Et le canal du Midi, et les Jacobins... C'est très beau, Toulouse, mais je ne pourrais pas y vivre.»

«Pourquoi ?»

«Trop chaud !»

«Il fait chaud pourtant ici aussi», rétorque Jules.

«Ce n'est pas pareil. Le soir, il fait frais, on arrive à dormir ; alors que chez vous, dans le Sud, on étouffe même la nuit.»

Rémi avale son café d'une traite et repose son verre sur la table d'un geste sec.

«À propos de chaleur, on y va, nous. On voudrait monter aux tours avant que le soleil ne soit trop haut.»

Charala a un geste las, signifiant qu'il ne voit pas l'intérêt de se fatiguer à escalader ce tas de ruines.

Il veut raccompagner les deux garçons, mais ils sont dehors avant qu'il n'ait le temps de se lever.

4

L'ascension n'est qu'une formalité pour les deux garçons. Alors que le panneau de bois sur la place du village indique une heure de marche aux touristes pour atteindre le site historique des Trois Tours, Jules et Rémi y parviennent en trois quarts d'heure à peine. Une fois en haut de la colline, ils s'arrêtent un instant au pied de la première tour. C'est la seule qui soit encore debout et qui puisse être gravie jusqu'à son sommet. La deuxième n'a plus que deux pans de mur, et la troisième est presque entièrement détruite. De là où ils sont, Rémi explique à Jules que certains matins on peut voir les Alpes suisses au sud et en de rares occasions la flèche de la cathédrale de Strasbourg au nord. Il lui montre ensuite le château du Hollandsberg qui domine toute la plaine du haut de son promontoire. Sous eux, les vignes ressemblent à une houle ; le contraste avec la forêt, dans leur dos, est saisissant. Elle oppose au soleil une masse sombre et froide qu'il peine à réchauffer, alors que les vignes brillent déjà sous ses rayons.

Jules profite de ce moment de calme pour interroger Rémi :

« Tu as une copine, au centre ? »

Rémi a l'air surpris par la soudaine curiosité de Jules. Ils se connaissent depuis trop peu de temps pour aborder des sujets aussi intimes, mais il consent à répondre malgré tout :

« Non. Et toi ? »

« Euh, non. »

« Pourquoi tu me demandes ça ? »

« Comme ça. »

Jules laisse passer quelques secondes et pose enfin la question qui le tarabuste depuis la veille :

« Et Camille ? »

« Quoi, Camille ? »

« Elle a un copain ? »

« Ah, c'est donc ça ! fait Rémi, amusé. Tu tournais autour du pot, mais c'est ça que tu voulais savoir. »

Jules rougit tout en se défendant :

« Pas du tout... »

« Je te rassure, elle n'a personne en ce moment. Mais dépêche-toi, ça ne dure jamais très longtemps. »

Que Rémi puisse parler aussi librement et avec autant de désinvolture de sa sœur gêne Jules davantage qu'autre chose. En même temps, l'idée que Camille ne soit pas trop farouche, si troublante soit-elle, n'est pas pour lui déplaire. Il se dit qu'il a peut-être ses chances et le fait qu'elle ait un frère sourd peut servir sa cause : il court moins de risques de se faire envoyer sur les roses. Et puis elle sait déjà signer, ce qui est un avantage non négligeable. Son estomac se serre à l'évocation d'une possible idylle entre elle et lui. Pour autant, il n'oublie pas qu'elle ne l'a pas regardé une seule fois la veille au soir et qu'il ne l'a pas revue ce matin. Il est conscient de se faire du cinéma pour rien. Camille est bien trop belle et bien trop... « classe » pour s'intéresser à un lourdaud comme lui.

Rémi le sort de ses pensées en lui donnant un grand coup dans le bras. Brusquement, il a l'air tout excité. Il tend un doigt nerveux vers le village, comme s'il désignait quelque chose. À toute vitesse, il signe : « Les pompiers ! Ils sont de sortie. » En effet, à travers la cime des arbres, Jules devine un camion rouge qui file à toute allure vers la sortie du village, rampe de gyrophares allumée.

« Ils prennent la route des Trois Tours. Ils viennent vers nous ! »

« Et alors ? »

« En se dépêchant, on peut les voir passer. »

«Pour quoi faire?»

«Mon père est le chef des pompiers volontaires. S'ils vont par là, c'est qu'il y a eu un accident sur la route ou en forêt. On va suivre le camion, j'adore voir les accidents.»

Jules n'a pas le temps de réagir, Rémi s'est déjà lancé sur le sentier et dévale l'autre versant de la colline, s'enfonçant dans la forêt en direction de la route qui relie Nerhussen à Wintzenheim par le massif montagneux et non pas en suivant la plaine.

Les calculs de Rémi s'avèrent justes: au moment où il atteint la route, le camion rouge passe en trombe devant lui. Rémi salue le passage des volontaires emmenés par son père. Le buste cassé en deux, il reprend son souffle en attendant Jules à qui il demande de se dépêcher:

«Vite, il ne faut pas qu'on se laisse distancer.»

«On n'y arrivera pas.»

«Ça dépend où a eu lieu l'accident. Allez, c'est l'occasion de faire du sport!»

Les deux garçons reprennent leur course effrénée, sur un terrain moins accidenté cette fois. Jules se rend compte que son camarade est plus en forme que lui, endurci par les heures passées à crapahuter dans les vignes. Il n'a pas fait beaucoup de sport depuis son accident, les médecins lui ayant conseillé de ménager son oreille interne. Un choc est difficilement évitable dans la pratique de certaines activités, et une chute aurait pu faire réapparaître les vertiges, surtout les premiers temps.

Les sensations provoquées par l'effort sont plutôt désagréables. Il n'entend ni son souffle ni le martèlement de ses pas sur le bitume. Il a l'impression de ne pas maîtriser complètement son équilibre. Sourd aux bruits que font ses muscles et ses articulations en plein effort, c'est un peu comme s'il était en apesanteur ou s'il n'appartenait plus vraiment à ce corps en mouvement. Pourtant, il sent bel et bien la fatigue et la douleur l'envahir.

Au bout d'un quart d'heure, le camion rouge est enfin en vue. C'est un soulagement pour Jules qui était à deux doigts de flancher ; il ne voulait pas se montrer faible. Devant un entendant, passe encore, il aurait donné le prétexte du manque d'entraînement dû aux derniers mois passés au centre, mais devant un sourd comme lui, pas question d'abandonner. D'ailleurs, il sentait le regard en coin de Rémi, prêt à se moquer s'il cessait de courir le premier. Bien que Rémi et Jules ne se connaissent que depuis quelques heures, ils sont déjà très complices. Pourtant deux garçons ne peuvent s'empêcher de se défier. Jules le sait et il sent cela chez le jeune Alsacien. Rémi est gentil, certes... Cela ne l'empêche pas d'être moqueur également. Et tellement sûr de lui ! On dirait qu'il a fait de son handicap une force et qu'il défie quiconque osera le considérer autrement que comme un garçon « normal ». Jules, au contraire, commence à peine à retrouver une place dans sa propre famille. Dès qu'il est en présence d'inconnus, il se sent inhibé par le regard des autres, incapable de penser à autre chose qu'à la façon dont on le considère, persuadé que sa surdité se voit comme le nez au milieu de la figure.

Le camion est stationné en plein milieu de la chaussée, avant un tournant en épingle. Les hommes de la brigade de Nerhussen en sont descendus et s'affairent autour de quelque chose, en contrebas de la chaussée, dont ils cachent la vue à Jules et à Rémi. Sur leurs visages, on lit l'émotion et le choc, mais ils n'ont l'air ni inquiets ni pressés comme des hommes d'action peuvent l'être lorsqu'il faut intervenir. Ils ont relevé les visières de leurs casques et n'ont même pas déballé leur matériel. Jules s'arrête à bonne distance, mais Rémi l'entraîne. De là où ils sont, ils ne parviennent toujours pas à distinguer ce qui se passe. En découvrant les deux jeunes gens, les pompiers leur adressent un sourire gêné. Certains font un geste amical à Rémi qui s'approche encore, toujours suivi de près par Jules. Visiblement, les pompiers le connaissent tous et sont habitués à le voir traîner autour du camion.

Un groupe d'hommes se tient autour d'une voiture rouge. Elle a dû basculer dans le ravin, et sa course n'a été stoppée que grâce à un arbre ; sans son tronc solide, la voiture aurait dévalé la pente et se serait écrasée tout en bas.

Visiblement, les dommages sont minimes ; l'avant de la voiture est à peine enfoncé. Les gyrophares du camion balaient les conifères en bord de route. Sous la frondaison, il règne une semi-pénombre dont Jules vient de prendre conscience. Il sent l'humidité de la forêt tout à coup et il a presque froid. Il repense à son accident l'an dernier. Il n'était pas conscient, mais on lui a raconté que ce sont des pompiers qui l'ont secouru et amené à l'hôpital. C'était il y a neuf mois à peine ! Jules est parcouru de frissons, comme si son corps se souvenait malgré lui, malgré son coma. Il ne peut s'empêcher de fixer la carcasse de la Peugeot 206. Il suit Rémi qui s'avance encore et descend en s'accrochant à des branches d'arbustes. Soudain, il se fige car il vient d'apercevoir un bras qui pend le long d'un corps affaissé sur le volant. Le père de Rémi leur tourne le dos. Il est au téléphone, probablement en train de parler à la police ou d'appeler une ambulance, il ne prête pas attention aux deux adolescents. Alors que tout en lui n'est qu'effroi et le pousse à déguerpir, Jules est irrésistiblement attiré par l'homme qui gît. Il s'approche un peu plus. C'est un vieux monsieur. De sa tête, seuls les cheveux blancs sont visibles. Jules inspecte l'intérieur de l'habitacle par la porte entrouverte. Il remarque un médaillon en or qui pend au cou du conducteur.

Il oscille sous les vibrations causées par les pompiers qui s'appuient contre la voiture pour descendre dans le ravin, et lance en tournoyant de petits éclats dorés, semblables aux disques que l'on suspend dans les cerisiers pour effrayer les moineaux. Il remarque également le macaron G.I.C., réservé aux infirmes civils, collé sur le pare-brise de la voiture. Jules en déduit que le conducteur était handicapé.

Réalisant tout à coup la présence de son fils et de Jules, Denis se précipite vers eux en levant les bras en l'air, comme pour les chasser.

«Fichez le camp. Vous n'avez rien à faire ici.»

«On ne dérange personne.»

«Tu oublies que tu es avec un ami. Il y a des choses plus intéressantes à lui faire voir, tu ne crois pas?»

Le lieutenant Gruber demande à un de ses hommes de les ramener *manu militari* en haut du talus. Les deux garçons doivent se résoudre à quitter les lieux. Tout en s'éloignant, Jules jette un dernier coup d'œil à la scène et son regard s'arrête sur la plaque d'immatriculation: à droite, le numéro 65 surmonté d'une croix occitane or sur fond rouge. Le conducteur de la voiture vient de la région Midi-Pyrénées comme lui! Il est intrigué par la coïncidence. Qu'est-ce qu'il faisait sur cette route déserte si loin de chez lui? Du tourisme, évidemment! Comme ses parents et lui, et des dizaines de milliers de Français qui visitent l'Alsace en été! Il se trouve tellement ridicule en Sherlock Holmes de pacotille qu'il ne dit rien à Rémi de sa «découverte».

Sur le chemin du retour, l'excitation gagne son camarade. Rémi signe si vite qu'il arrive difficilement à avancer. Jules, quant à lui, est toujours sous le choc. Il ne comprend pas comment son ami peut se réjouir de ce qu'il appelle une «expérience extraordinaire», alors qu'un homme a perdu la vie.

«C'est la première fois que je voyais un cadavre», confie-t-il à Rémi.

«Moi non. J'avais déjà vu la vieille Émilienne qui est morte dans l'incendie de sa maison l'an dernier. Mon père et ses hommes ont réussi à éteindre le feu mais elle était déjà morte asphyxiée par les fumées quand ils sont arrivés.»

«On dirait que ça te fascine.»

«Ça ne me fascine pas, mais avoue que ça fait monter l'adrénaline.»

«Non, je trouve ça malsain au contraire.»

«Pourtant, tu ne t'es pas gêné pour regarder de près l'intérieur de la voiture.»

Jules rougit, pris en défaut.

«J'ai toujours rêvé d'être pompier, continue Rémi. Et pour être un bon pompier, il faut être prêt à affronter toutes les situations et à voir toutes sortes de choses horribles sans flancher, sans te détourner de ta mission.»

«Pourquoi tu ne t'engages pas parmi les volontaires, comme ton père?»

«Je voulais.» Le visage de Rémi s'assombrit. «Ils m'ont dit que c'était impossible.»

«Pourquoi?»

«Parce que je suis sourd.»

«Qu'est-ce que ça fait?»

«Ça peut mettre la vie de mes collègues en danger, et la mienne aussi.»

«Comment ça?»

«Si je n'entends pas une consigne ou un appel à l'aide.»

Jules observe la mine grave de son camarade.

«Pourquoi tu les suis à chacune de leurs sorties, alors? Tu te fais du mal.»

«Je sais, mais ça me fait du bien aussi. C'est un moyen de ne pas abandonner mon rêve... Je ne sais pas. Parfois, s'ils ont oublié quelque chose au camion ou à la caserne, j'y cours et je le leur rapporte. Peut-être qu'un jour ils réaliseront que je peux être utile et ils me prendront.»

Jules hésite, puis il pose sa main sur l'épaule de son camarade. Rémi lui sourit timidement. Enfin, gêné, il fait «Bah» dans un geste non signé, mais qui laisse entendre qu'ils ont assez parlé de tout ça, et se met à courir. Jules le laisse partir devant, mais Rémi se retourne et, de loin, le provoque:

«Allez, le Français de l'intérieur, ça te fera du bien de courir. Tu en as besoin, je crois.»

Jules ne peut pas laisser passer l'affront sans réagir, il s'élance à la poursuite de son camarade.

5

La nouvelle de l'accident s'est répandue comme une traînée de poudre dans le village et, quand Denis rentre pour manger aux alentours de treize heures, toute la famille Gruber l'attend de pied ferme pour avoir plus d'informations sur l'« affaire ». Monsieur et madame Lascaud ont eu beau insister pour que leurs enfants restent à table jusqu'au dessert et laissent leurs hôtes tranquilles, Jules et Jeanne n'ont pas pu résister à la tentation d'aller écouter le récit du chef des pompiers. Ils ont englouti leur repas en deux coups de fourchette et se sont précipités dans la cour. Le cœur de Jules s'emballe au moment où il découvre Camille qui a daigné quitter sa chambre et son ordinateur devant lequel elle semble passer ses journées. Il est vite refroidi par son attitude, toujours aussi indifférente à son égard.

Dans ce genre de situation, Denis a pris l'habitude de signer pour Rémi en même temps qu'il parle à voix haute pour le reste de la famille. Jules est littéralement fasciné par cette façon de communiquer en groupe mixte «entendants-sourds». Il espère que ses parents y parviendront un jour.

Le lieutenant sapeur explique que le médecin arrivé sur place avec l'ambulance a estimé l'heure du décès entre minuit et une heure du matin. Le conducteur était âgé, il avait peut-être une mauvaise vue, il aura raté son tournant. Il ne roulait pas très vite vu le peu de dégâts occasionnés à la voiture. Cependant, le choc a été suffisant pour le tuer sur le coup.

– Mais le plus dingue, continue Denis, c'est qu'en fouillant la voiture les gendarmes ont découvert une tronçonneuse et un bidon d'essence deux-temps dans le coffre.

– Et alors? demande Jules à voix haute, pris par le suspense, ce qui surprend les Gruber, peu habitués à entendre un sourd parler.

– Le guide de la tronçonneuse était recouvert de copeaux de ceps de vigne. Il y avait même des feuilles encore accrochées au frein de la chaîne. Les gendarmes ont fait des prélèvements qu'ils vont envoyer au laboratoire de la police scientifique à Strasbourg. Mais moi, je n'ai pas besoin d'une éprouvette pour savoir que c'était des feuilles de riesling.

Sur les visages des trois générations de viticulteurs, c'est la même stupeur. Ils font tous le rapprochement avec leur parcelle vandalisée.

– Les vignes coupées ! s'exclame Jules, toujours à voix haute.

Son intervention étonne à nouveau mais, cette fois, Jules remarque le regard noir que lui lance Camille. Ne sachant pas à quoi attribuer une telle désapprobation, il poursuit pour se justifier :

– Charala a dit que ces vignes formaient la même parcelle avant le remembrement.

Cette fois, tous le dévisagent comme s'il venait de commettre un blasphème. Denis le considère gravement avant de s'adresser à Rémi :

« Vous avez parlé de ça à Charala ? »

Gêné, Rémi explique qu'en effet ils se sont arrêtés chez le vieil homme en montant un peu plus tôt aux trois tours.

« Il était déjà au courant. C'est lui qui a évoqué les vignes tronçonnées en premier. Il savait même que les Geiss n'ont pas porté plainte. »

Bien qu'elle ne lise la langue des signes qu'à grand-peine, la grand-mère de Rémi a compris ce que son petit-fils vient de dire. Elle paraît le désapprouver et lui adresse un commentaire qu'elle ne signe pas mais qui est visiblement acerbe, avant de se diriger vers la maison en bougonnant. Rémi demande à son père de traduire ses mots.

«Elle dit qu'il ne faut pas faire attention à ce que raconte ce vieux fou de Charala. Il n'a plus toute sa tête.»

«Il a l'air d'avoir des souvenirs très précis au contraire. Il dit que les anciens propriétaires s'appelaient Stahl et qu'ils ont été spoliés pendant la guerre.»

Denis et son père, le vieux Gruber, se regardent. Le grand-père ne lit pas mieux les signes que sa femme, mais il a parfaitement décodé les cinq lettres S.T.A.H.L. que Rémi a épelées. Son visage se ferme instantanément, et le vieux paysan rejoint son épouse à l'intérieur. Denis se tourne vers son fils:

«Nous n'avons rien à voir avec cette histoire.»

«Quelle histoire?»

«Les Stahl, tout ça. Il vaut mieux ne pas remuer le passé.»

«Mais de quoi parles-tu?»

«J'ai faim. Je vais manger maintenant», élude Denis.

Alors que la famille s'égaille, il ajoute à l'intention de Rémi:

«Et toi, tu restes au chai cet après-midi. Il y a des cuves à nettoyer.»

Rémi s'apprête à protester mais son père ne lui en laisse pas le temps:

«Tu as assez traîné dans le village pour aujourd'hui.»

Sur ce, Denis gravit l'escalier qui mène chez lui. Rémi le suit du regard puis hausse les épaules. Il pénètre dans la pénombre fraîche du chai où Jules le suit, immédiatement saisi par les odeurs de raisin fermenté. Ses yeux mettent un certain temps à s'habituer, pendant lequel il perd la trace de Rémi. Un néon hésite et, enfin, le chai s'illumine. Jules se rapproche de son camarade et, alors que celui-ci commence à s'affairer autour d'un des immenses foudres, il lui tape dans le dos pour attirer son attention :

« Tu as vu comment tes grands-parents ont réagi ? Y a un truc pas net. On dirait qu'ils savent quelque chose dont ils ne veulent pas parler. »

« Oui, c'est bizarre. Je suis sûr que Charala ne nous a pas tout dit. »

« On devrait aller au cimetière, voir la tombe des Stahl. »

« Mon père m'a interdit de sortir cet après-midi. »

Jules, depuis l'an dernier, sait ce qu'il en coûte de braver les interdits. La seule fois où il a menti pour accompagner ses copains à l'insu de ses parents, cela s'est très mal terminé. Même si lui n'est pas concerné par la punition, il ne peut demander à son ami de désobéir.

« Je vais t'aider à nettoyer les cuves et quand on aura terminé, on ira voir ton père pour lui demander de nous laisser aller au cimetière. Après tout, tu es en vacances, il ne peut pas t'empêcher de bouger ! »

«On voit bien que tu ne le connais pas, il ne revient jamais sur ce qu'il a décidé. Non, le mieux est de se passer de sa permission.»

«Comment vas-tu faire?»

«Il a du travail dans les vignes, il ne sera plus là pour nous surveiller. On s'y met et on filera en douce plus tard. Le tout, c'est de ne pas aller du côté des rieslings pour ne pas tomber sur lui.»

Jules fait une moue dubitative, pas convaincu par la proposition de Rémi. Mais après tout, son copain sait ce qu'il fait. De surcroît, il n'est pas ici question de sortir le soir dans une *rave*, seulement de se rendre au cimetière du village.

«Au fait, c'est quoi les rieslings?» finit-il par demander à Rémi.

Celui-ci sourit.

«C'est un cépage.»

«Ça, tu me l'as déjà dit. Mais c'est quoi, un cépage?»

«Une variété de raisin, si tu préfères, comme pour les pommes: tu as les goldens, les royal gala, les reinettes... Pour les raisins, c'est pareil, sauf qu'on appelle les différentes variétés des "cépages". Il y a le pinot gris, le riesling donc, le gewurztraminer...»

«Le quoi?»

«G.E.W.U.R.Z.T...»

«Laisse tomber, c'est trop dur.»

«Normal, c'est de l'alsacien.»

Les deux garçons se mettent au travail. Rémi explique à Jules que leur tâche consiste à se glisser dans les foudres par la trappe de soutirage et, une fois à l'intérieur, à gratter le tartre qui s'est déposé sur les parois de bois. Jules passe la tête par l'orifice mais il n'est pas certain d'être capable d'aller plus loin que les épaules. Il tergiverse alors que Rémi est déjà dedans et s'active. Une nouvelle fois, il sait que son ami va se moquer de lui s'il ne trouve pas le courage de pénétrer dans la cuve. Aussi prend-il sur lui et se faufile-t-il jusqu'à disparaître totalement dans le ventre de chêne dont l'odeur est insupportable.

Deux heures plus tard, les garçons achèvent leur dernier foudre. À grands coups de pelle, ils chargent le calcaire qu'ils viennent de racler dans une brouette.

«Qu'est-ce qu'on va en faire?»

«On l'épand dans les vignes, ce sont des minéraux, ça ne pollue pas.»

Rémi attrape le tee-shirt qu'il avait enlevé et l'utilise pour éponger la sueur qui dégouline de son front. Jules est lui aussi torse nu et en nage, les muscles gonflés par l'effort. Ils sortent dans le soleil de ce début d'été pour se réchauffer parce que, avec l'inaction, le froid du chai tombe subitement sur leurs épaules. Dehors, ils croisent Camille qui traverse la cour. Des écouteurs sur les oreilles, un iPod à la main, elle semble fredonner un air. Jules l'aperçoit avant qu'elle ne puisse le voir. Il trouve qu'elle ressemble à une star hollywoodienne. Avec son minishort en jean et ses chaussures à semelles compensées, elle a des airs de Rihanna. Alors qu'il émerge du chai, elle lui lance un regard méprisant, puis elle passe son chemin sans faire plus de cas de lui. Chaque fois qu'il la croise, elle semble plus déterminée à le blesser. Il se tourne vers Rémi :

« Qu'est-ce que je lui ai fait, à ta sœur ? »

Rémi s'esclaffe :

« C'est ça les filles, mon vieux ! Plus tu les bades, plus elles t'en font baver. Ignore-la, c'est le meilleur moyen de l'intéresser. » Il conclut sa démonstration en lui envoyant une grande bourrade dans le dos. « On monte goûter et après on y va ? »

Dix minutes plus tard, après avoir englouti une baguette de pain entière à eux seuls, rassasiés, les deux adolescents descendent discrètement au jardin potager qui se trouve derrière le gîte et qui donne sur les vignes. Ils sautent par-dessus le grillage censé empêcher les chevreuils de venir manger les légumes et les fruits que les grands-parents de Rémi font pousser, et s'élancent dans les vignes. Alors qu'ils s'apprêtent à sortir d'une première parcelle, ils tombent nez à nez avec Camille, assise en bout de rangée, partiellement dissimulée par un piquet contre lequel elle s'est adossée. Elle bondit sur ses pieds comme un voleur pris la main dans le sac. Elle se met à signer très vite et très en colère, mais Rémi et Jules ont bien vu qu'elle cachait quelque chose sous la semelle de sa chaussure au moment où elle se levait. D'ailleurs, l'odeur de tabac n'a pas eu le temps de se dissiper et ni Jules ni Rémi n'ont de doute sur ce qu'elle était en train de faire. Pourtant, c'est elle qui réprimande son frère :

« Papa t'a interdit de sortir. Qu'est-ce que vous faites là ? »

Mais Rémi ne se laisse pas impressionner :

« Et toi ? Il t'a autorisée à venir ici pour fumer ? » rétorque-t-il, un sourire ironique sur les lèvres.

« Qu'est-ce que tu vas inventer ? »

« Lève ton pied pour voir. »

Il attrape le mollet de sa sœur et essaie de lui faire décoller le pied du sol, mais elle le repousse violemment.

« Espèce de cafteur ! De quoi tu te mêles ? »

« Si j'étais un cafteur, je t'aurais déjà dénoncée. Si tu crois que je ne le sais pas depuis longtemps que tu fumes. »

« Tu dis n'importe quoi. »

« Tu pues la clope quand tu rentres du lycée. Tu te précipites dans ta chambre et tu te laves les dents. Après tu descends en mâchant un chewing-gum... Tu nous prends vraiment pour des lagopèdes ! »

«Vous allez où, de toute façon?» dit-elle pour changer de sujet.

«Ça ne te regarde pas. Viens, Jules. Tu peux continuer à t'intoxiquer si ça te chante», ajoute-t-il à l'intention de sa sœur.

Camille hausse les épaules. Jules ose à peine la regarder alors qu'il passe à son niveau. Elle le suit des yeux et dit quelque chose qu'elle ne signe pas. Croyant qu'elle veut lui parler, Jules s'arrête et se tourne vers elle.

– Qu'est-ce que tu dis? demande-t-il à voix haute.

«Rien, signe-t-elle de manière agressive. Va rejoindre ton copain. Restez donc entre sourds. Et arrête d'oraliser, tu es ridicule.»

Jules encaisse le coup. C'est la première fois qu'un entendant lui dit une chose aussi dure depuis qu'il est sourd. Lui qui fait tant d'efforts pour parler à voix haute quand il s'adresse à des non-sourds, pensant ainsi faire preuve de bonne volonté, pour eux! Il trouve Camille terriblement injuste. Une fraction de seconde, il a envie de la gifler, de hurler, puis de fuir en courant. Au lieu d'une telle violence, ce sont des larmes de colère qui lui montent aux yeux. Mais il les réprime et se force à faire face à Camille. Il y a quelques mois seulement, il aurait été dévasté par une réflexion d'une telle méchanceté; aujourd'hui, il estime avoir gagné le droit d'être respecté, surtout par la sœur d'un sourd, comme lui. Il veut comprendre:

«Pourquoi tu me dis ça? En quoi je suis ridicule?»

«Assume ce que tu es. Il n'y a rien de plus minable que ces sourds qui essaient de faire plaisir aux entendants, qui jouent les bons toutous en apprenant à parler.»

«Je suis un devenu sourd, je ne peux pas le renier. J'ai parlé pendant quinze ans avant de perdre l'audition.»

«Eh bien deviens sourd! Signe! Tu ne vas pas rester le cul entre deux chaises. Sois fier de ce que tu es.»

«Mais...»

«Les signes, c'est ta langue, ta culture dorénavant. C'est malheureux que ce soit à une entendante de t'apprendre ça!»

La véhémence de Camille lui rappelle les réflexions de certains pensionnaires du centre. On les nomme les «extrémistes». Ils critiquent ceux qui parlent ou essaient de lire sur les lèvres et ils qualifient ceux à qui on a implanté une prothèse auditive de «traîtres». Jules, à leurs yeux, n'est pas un véritable sourd parce qu'il n'est pas né sourd... Comme si cela les plaçait, eux, au-dessus de lui et leur donnait un statut de seigneurs dans la hiérarchie des sourds.

Mais au centre, tous ne sont pas d'accord à ce sujet, loin de là, car même si tout le monde signe, il y a aussi des oralistes dont quelques-uns arrivent à lire sur les lèvres, certains ont des implants, d'autres se servent du «langage parlé complété». Chaque fois qu'ils abordent la question, ça fait des discussions sans fin.

Il faut dire que pendant des siècles la langue des signes a souffert d'une répression terrible, qui a longtemps maintenu les sourds dans l'illettrisme et leur a conféré un statut de débiles mentaux. Les enseignants disent que chacun doit faire comme il le sent, que c'est essentiel de connaître la langue des signes pour pouvoir apprendre aussi l'histoire-géographie, le français, la biologie et tout ça, mais que c'est important de garder l'oralisme pour ne pas se couper du reste du monde. Jules est étonné que Camille défende une telle position alors qu'elle n'est pas sourde elle-même. Ce qu'elle lui dit, c'est que la seule façon pour lui de trouver sa place dans la société est de se faire reconnaître et admettre comme sourd à part entière. Pour cela, il devrait faire le deuil de ses quinze premières années, comme si ce Jules-là n'était plus, comme s'il était mort. Il aurait, selon elle, perdu bien plus que l'ouïe au cours de son accident, il aurait perdu une part de lui-même. Jules n'est pas certain de devoir désormais se construire une nouvelle identité. Il n'est pas certain d'en être capable ni d'en avoir envie.

Il ne sait que dire à Camille. C'est donc pour cela qu'elle le méprise depuis leur première rencontre, parce qu'il parle à voix haute avec ses parents?

Bien que vexé, il ne peut lui en vouloir. Il pourrait se laisser emporter par la rancœur et lui rétorquer une vacherie, mais à quoi bon? C'est en lui montrant qu'il peut entendre la critique et réagir de façon positive qu'il la convaincra qu'elle ne doit pas s'en tenir à la première impression qu'elle a eue de lui, qu'ils peuvent repartir sur de meilleures bases, qu'ils peuvent être amis... Même s'il aimerait tellement qu'ils soient plus que cela!

Là-bas, Rémi s'impatiente. Il fait de grands gestes pour qu'il se hâte.

Camille fixe Jules. Elle le défie, consciente de l'effet que ses propos ont eu sur lui. Mais Jules la prend de court:

«Tu veux venir avec nous?» lui propose-t-il très naturellement.

Camille est décontenancée par sa marque de gentillesse. Elle vient de faire preuve d'une telle agressivité qu'elle ne s'y attendait pas. À la façon qu'elle a de le regarder, Jules comprend qu'il a marqué un point. Camille est bien obligée d'être aimable. Cependant, elle décline l'invitation en prétextant qu'elle a du travail.

«Dommage, ça aurait été sympa. Rémi et moi, on t'aurait expliqué ce sur quoi on enquête.»

«Vous enquêtez?»

«Oui, sur le mort de ce matin. On pense que ça a un rapport avec les vignes tronçonnées.»

Camille prend un air interloqué. Décidément, Jules est de plus en plus surprenant!

«On t'en dira plus quand on aura trouvé des éléments tangibles», continue-t-il.

Camille affiche une moue qui signifie « N'importe quoi ! Vous vous faites du cinéma », puis elle retourne vers les habitations.

Quand Jules rattrape enfin Rémi, celui-ci le sermonne pour avoir autant traîné.

« De quoi ma sœur te remerciait-elle ? Elle a dit qu'elle n'avait pas le temps... Le temps de quoi ? »

« Je lui ai proposé de venir avec nous. »

« Hein ? Qu'est-ce qui t'a pris ? »

« Qu'est-ce que ça a d'aberrant ? »

« Ma sœur ne daigne même pas me présenter à ses copains, elle me trouve trop puéril, alors toi... »

« Tu ne peux pas comprendre. »

Rémi se tord de rire :

« Ma parole, t'es amoureux, c'est pas possible ! »

Jules ne répond rien, il se contente de lui demander :

« Au fait, c'est quoi, des lagopèdes ? »

Rémi réfléchit un instant.

« Je ne sais pas, finit-il par avouer. C'est un copain dans mon centre qui emploie tout le temps cette expression. »

Il lui indique la direction du cimetière, et les deux amis se remettent en route.

Au moment de quitter les vignes, ils aperçoivent Jeanne et les sœurs jumelles au loin. La première est debout sur un skateboard tracté par les deux autres à vélo. Les nouvelles copines ont l'air de s'amuser comme des folles. Parce qu'ils ne tiennent pas à être vus et éventuellement suivis par elles, Jules et Rémi les laissent disparaître derrière les dernières maisons du village avant de reprendre leur progression.

Lorsqu'ils parviennent au cimetière, la grille en est déjà ouverte. Le vieux Charala se tient dans l'allée centrale, appuyé sur sa béquille, penché sur une tombe dont il nettoie le granit de sa main libre. Il est en équilibre instable et peine à se déplacer autour de la pierre tombale. Jules a un élan pour aller l'aider, mais Rémi le retient par le tee-shirt. Il lui intime l'ordre de ne pas faire de bruit et l'entraîne dans une contre-allée.

«Charala vient ici tous les jours. Il ne parle à personne dans ces moments-là, ni à l'aller ni au retour.»

«Pourquoi? C'est sa femme qui est enterrée là?»

«Oui, mais c'est à son fils qu'il rend visite quotidiennement.»

«Il est mort de quoi?»

«Il avait une sclérose en plaques. Charala s'en est occupé jusqu'à sa mort l'an dernier. Depuis...» Rémi désigne le vieillard du menton: «Il ne s'attarde jamais parce qu'il ne tient plus sur ses jambes. On va attendre qu'il soit reparti.»

En effet, ils n'ont pas à patienter très longtemps avant que Charala quitte le cimetière. Les deux garçons, cachés derrière un monument funéraire, le regardent refermer la grille derrière lui et s'éloigner péniblement. Enfin, ils ont le cimetière pour eux seuls. Ils arpentent les allées et s'amusent à lire les dates indiquées, à deviner les mots effacés et à calculer l'âge qu'avaient les gens enterrés là au moment de leur mort.

« On meurt vieux à Nerhussen. »

« Ça conserve, l'Alsace! »

Ils imaginent que celui-ci est mort de ceci, celui-là de cela. Ils plaisantent en détaillant les portraits laissés par les familles : l'homme au chapeau a une tête d'idiot du village, cette femme en tenue sombre ne devait pas être commode... Jusqu'à ce qu'ils tombent sur un emplacement à l'abandon. Ici, pas d'ornements, un simple carré de gravier signalé par une pierre au ras du sol sur laquelle est gravé le nom de la famille Stahl.

Caveau de pauvres ou de parias, pense Jules. En enlevant le gros des feuilles qui recouvrent le sol, les deux garçons découvrent une première plaque sur laquelle figurent quatre prénoms suivis d'une date unique, celle du 14 janvier 1946. Puis une deuxième plaque, plus petite, apparaît. Après en avoir gratté la mousse, Jules parvient à lire l'inscription : *Joséphine Stahl, 7-12-1924/3-8-1942, Priez Pour Elle.*

« Ça concorde avec ce que nous a affirmé Charala, dit Jules. Les parents et les deux frères ont été fusillés à la Libération, le même jour. Par contre, il ne nous a pas parlé de cette Joséphine. »

«Elle est morte à dix-sept ans et demi, pendant la guerre. Ça devait être la sœur.»

«Je me demande ce qui a pu lui arriver.»

«C'était peut-être une résistante.»

«Dans une famille de collabos?! Ça ne serait pas logique.»

«Ça arrivait. Dans certaines familles, le père et la mère étaient dans le même réseau sans que ni l'un ni l'autre ne le sachent.»

«Il faudra demander à Charala, il sait forcément ce qui lui est arrivé.»

Jules se redresse pour constater que le soleil s'est caché derrière les premiers contreforts des Vosges. La masse des trois tours se découpe dans le ciel bleu, alors que la plaine rhénane et la Forêt-Noire, en face, sont pour quelques minutes encore illuminées par le soleil rasant.

«Tu crois vraiment que le mort dans la voiture a un rapport avec les Stahl?» demande Rémi.

«Je ne sais pas, mais le fait est que les vignes qui ont appartenu aux Stahl ont été tronçonnées et que celui qui a fait ça a été retrouvé mort.»

«C'était un accident.»

«En apparence seulement!»

«Que veux-tu dire?»

«Je ne sais pas encore. Il faudrait en apprendre davantage sur lui et sur les Stahl.»

6

Rémi, décidément, a ses habitudes et se comporte chez Charala comme s'il était chez lui. Il frappe à la porte entrouverte puis passe la tête pour s'assurer que son vieil ami est disponible et prêt à les recevoir. Charala est en train de regarder la télé tout en buvant un verre d'edelzwicker. La pièce qui empeste le tabac brun est plongée dans le noir. Depuis ce matin, les volets n'ont pas été ouverts. Charala les invite à s'asseoir et à suivre le journal du Tour de France avec lui. L'étape de la journée y est récapitulée. Jules observe les écarts entre les échappés et leurs poursuivants, puis entre les poursuivants et la tête du peloton. Les noms et la couleur des maillots des participants sont bien indiqués, le parcours de la journée et le nombre de kilomètres avalés également. Jules se dit que c'est une des rares choses dont il peut apprécier la retransmission sans avoir à embêter tout le monde avec les sous-titres. D'ailleurs, depuis qu'il est sourd, il ne regarde quasiment plus la télévision. Les films ont perdu leur sel sans la voix des acteurs, la musique de la bande-son, les bruitages... Il se souvient de l'effet produit par les éléments sonores lorsqu'il regardait ses films préférés. Désormais, il doit se contenter d'une indication «bruit de pluie» ou «musique inquiétante»; il se demande ce que cela peut bien évoquer aux vrais sourds qui n'ont jamais entendu la pluie ou le moindre instrument de musique.

Charala le sort de sa rêverie en posant un verre devant chacun d'eux et en les remplissant de vin blanc. Jules jette un coup d'œil discret et rapide en direction de Rémi. Celui-ci a très bien compris ce qui le tarabuste : ils n'ont pas la permission de boire de l'alcool. Jules, en tout cas, ne l'a pas ! Ses parents, sur ce point, sont formels : l'alcool chez les mineurs est dangereux. Même pour un adulte, sa consommation doit rester exceptionnelle et purement festive. La situation dans laquelle ils se trouvent actuellement est très clairement en dehors des clous. Mais Rémi fait une grimace à Jules, l'air de dire qu'il faut savoir braver les interdits et envoyer promener les parents quand on ne les a pas sur le dos. Jules hésite encore. Il saisit le verre. Rémi, parce qu'il travaille dans une cave viticole, a probablement l'habitude de boire, ne serait-ce que pour déguster la production de son père, tester les nouveaux crus... Jules, lui, n'a pas bu une goutte d'alcool depuis la fameuse soirée à la fête Saint-Michel où il avait pris plusieurs bières pour impressionner Camille, l'autre Camille, avant que ça ne tourne au drame. Il porte son verre à ses lèvres. Il avait promis de ne plus jamais rien faire qui puisse contrarier ses parents ou le mettre en danger. Rémi a déjà vidé le sien, visiblement familier de la chose. Il l'a reposé devant lui avec une certaine nonchalance, à la façon d'un «grand». Charala n'a pas l'air choqué par la vitesse à laquelle il l'a sifflé. Au contraire, il le ressert en même temps qu'il se ressert lui-même. Jules avale une première gorgée ; il sent le regard de Rémi posé sur lui. Sur l'écran, le maillot jaune est à la peine, il s'envoie une rasade de boisson énergétique, puis vide une bouteille d'eau sur ses cheveux déjà dégoulinants de sueur, alors que Jules renverse la tête en arrière pour faire descendre sa deuxième gorgée de vin. Il sait que c'est une bêtise et il regrette déjà de l'avoir faite.

Rémi essaie d'interroger Charala au sujet de Joséphine Stahl, mais l'ancien combattant a du mal à détourner son attention de la télévision.

«Qu'est-ce qu'il lui est arrivé pendant la guerre ?» insiste Rémi.

Le mot magique de «guerre» ranime son interlocuteur :

«Tu sais que j'ai porté trois uniformes différents entre 39 et 45?!»

« Oui, je le sais, Charala.»

«Ah, je te l'ai déjà dit.»

«Des dizaines de fois!»

«Je radote un peu. Mais ton ami, là, il le sait?»

«Oui, je le lui ai dit.»

Jules confirme par un hochement de tête.

«C'est triste, la guerre, on peut pas imaginer», reprend-il en se servant à nouveau du vin.

Rémi, qui connaît bien son vieil ami, ne le laisse pas digresser. Il le ramène à l'objet de sa question:

«Tu la connaissais, Joséphine Stahl?»

«Joséphine!? Si je la connaissais? Et comment! C'était la plus belle fille de Nerhussen, et gentille avec ça.»

«Comment est-elle morte?»

«Ah ça! Ça a été un grand malheur. Personne n'a jamais su ce qui s'était passé exactement. Un beau jour, on ne l'a plus revue. Les parents Stahl ont dit qu'elle était partie dans le Sundgau, chez un médecin, pour travailler comme gouvernante. Mais on n'y a pas cru. On pense qu'elle avait fait une chose honteuse.»

«Une chose honteuse?»

«Elle avait un gâteau dans le four.»

«Un gâteau?»

«Un bébé, si tu préfères... Alors qu'elle n'était pas mariée, vois-tu?»

Rémi vide son deuxième verre.

«Tu veux dire qu'elle était fille mère?»

«Maintenant, tout le monde s'en fiche, mais à l'époque c'était péché. Une honte sur toute la famille. Surtout si le père du bébé était marié.»

Les yeux de Rémi se mettent à pétiller, autant par curiosité que sous l'emprise du vin. Jules, quant à lui, découvre toutes ces explications dans un brouillard. Il est complètement saoul. Il ne s'explique pas une réaction si rapide et si forte après avoir bu un verre de vin seulement... Jusqu'à ce qu'il se souvienne de ce que les médecins lui ont dit à propos de son traitement anti-vertigineux: ne surtout pas l'associer à la prise d'alcool car les effets en seraient multipliés par dix. Un instant, il est pris de panique. Il se met à suer à grosses gouttes à l'idée que ses parents pourraient s'apercevoir qu'il a de nouveau trahi leur confiance. Pourvu qu'il aille mieux, pourvu qu'il ne tombe pas à nouveau dans le coma, pourvu qu'il arrive à marcher droit. Vite, se passer de l'eau sur le visage, se frapper les joues jusqu'à ce que ce malaise se dissipe. Mais que vont penser Rémi et Charala? Il n'ose pas se lever pour aller à l'évier.

«Tu sais qui était le père?» poursuit Rémi sans se rendre compte du tourment que vit son copain.

Charala fait non de la tête.

«Nous étions nombreux à tourner autour d'elle. Mais elle n'a jamais accordé ses faveurs à aucun d'entre nous. Je dois avouer que j'en étais un peu amoureux moi aussi.»

«Elle est morte de quoi?»

Là encore, Charala avoue son ignorance:

«Un jour, le maire de l'époque – c'était le grand-père Geiss déjà – a reçu un télégramme en provenance de la France libre – parce qu'on était en guerre, vois-tu? C'était l'Allemagne ici. Je t'ai déjà raconté comment les Boches ils nous traitaient, nous, les Alsaciens... Et comment on s'est fait traiter de Boches nous-mêmes par les Français de l'intérieur... Et encore maintenant! Je me rappelle en 76, je suis allé en Bourgogne et...»

«Tu m'as déjà raconté, Charala. Plein de fois!»

«Je perds la boule, hein?!»

«Alors, ce télégramme?»

«Il disait que Joséphine était morte. J'étais sur le front à l'époque, je l'ai su plus tard par ma sœur qui travaillait chez les Geiss comme cantinière pour les ouvriers. Le grand-père Geiss savait de quoi elle était morte mais il n'a rien dit parce qu'il avait promis aux Stahl de garder le secret. Après la Libération, ils ont été fusillés par la Résistance. Le grand-père Geiss, il a quand même tenu sa promesse. Il a emporté son secret dans sa tombe.»

«Il a bien fallu ramener le corps de Joséphine! Vous auriez pu faire parler les croque-morts.»

«Elle n'est pas enterrée ici. On ne sait pas où.»

«Mais la plaque avec son nom sur le carré familial?»

«C'est juste une plaque avec un nom, mais dessous, pas de corps. On ne saura jamais.»

Charala saisit la bouteille et fait mine de resservir Jules mais celui-ci, qui va déjà mieux, obture son verre en posant sa main dessus. Rémi tend le sien ; Jules le fusille du regard et lui balance un grand coup de pied sous la table. Son ami se tourne vivement vers lui :

«Qu'est-ce qui te prend?» signe-t-il, mi-étonné, mi-agacé.

«Qu'est-ce qui te prend, toi? Tu ne crois pas que tu as assez bu?»

«Oh, ça va, hein! Tu n'es pas mon père.»

«Je m'inquiéterais si j'étais lui. Tu bois comme ça tous les jours?»

Jules arrache la bouteille des mains de Rémi. Celui-ci a un mouvement de colère. Il n'en revient pas que son copain se permette une telle attitude ; il se retient de lui envoyer un coup de poing dans l'épaule pour lui faire lâcher prise. Mais Jules, qui a recouvré tous ses esprits, ne s'intéresse plus à lui. Il vient de remarquer quelque chose sur l'étiquette de la bouteille. Il pointe du doigt le blason au-dessus du nom du domaine viticole : trois tours symbolisées par trois rectangles dont celui du milieu dépasse. Sous ces armoiries, l'inscription *Vins fins d'Alsace Geiss et fils*. Jules met la bouteille sous les yeux de Rémi et signe :

«Ce dessin!»

«Eh bien, quoi? C'est le logo des Geiss», répond Rémi, toujours bougon.

«Le médaillon!»

«Quel médaillon? De quoi parles-tu?»

«Le médaillon que le mort portait autour du cou. Tu ne l'as pas vu dans la voiture ce matin?»

Rémi réfléchit et avoue que non.

«Le conducteur de la 206 portait un pendentif en or.»

«Et alors?»

«C'était exactement le même motif que le blason de la famille Geiss.»

Rémi réfléchit quelques secondes, puis fait une mimique outrancière tout en signant un énorme «MERDE».

Charala, qui les observe depuis un moment, s'immisce dans la conversation:

«Qu'est-ce qu'il y a? Pourquoi "merde"?»

«Écoute ça, Charala.» Rémi se positionne bien en face de lui et signe lentement: «Hier, les vignes de mon père et celles des Geiss, qui ont appartenu aux Stahl dans le temps, sont tronçonnées.» Charala acquiesce, l'air de dire qu'il le sait déjà. «Dans la nuit, un homme meurt dans un accident de voiture sur la route des Trois Tours.» Nouveau mouvement de tête de Charala qui connaît aussi cette partie de l'histoire. «On retrouve une tronçonneuse dans le coffre de sa voiture avec des traces de copeaux de vigne et des feuilles de riesling, comme les pieds qui ont été coupés.» Charala apprécie, il ignorait ce détail. «Les Geiss ne portent pas plainte, mais le conducteur de la voiture avait autour du cou un pendentif en or aux armoiries de la famille Geiss.»

Charala fronce les sourcils:

«Les pompiers ne l'ont pas vu?»

«Ils avaient autre chose à faire que d'admirer le pendentif du conducteur. Ils se sont contentés de sécuriser le périmètre et d'appeler les gendarmes, et eux ne connaissent pas forcément le blason des Geiss. Qui s'intéresse à ce genre de détails, à part Jules?»

Les yeux de Charala s'écarquillent alors qu'il siffle d'admiration, les garçons reconnaissent le mouvement des lèvres appuyé par un geste vertical de la main. Charala prend la mesure de ce que Rémi vient de lui révéler. Pourtant, il n'y a pas que de l'admiration dans sa réaction, il y a aussi de l'inquiétude.

«N'allez pas parler de ça à n'importe qui. Si les Geiss apprennent que vous fouillez dans leur passé, il y aura des représailles. Ils sont puissants, ils ont le bras long.»

«Ce n'est pas nous qui fouillons dans leur passé, c'est leur passé qui refait surface, on dirait. Tu ne trouves pas que toutes ces coïncidences sont troublantes?»

«Si, bien sûr. Mais n'allez pas le chanter sur tous les toits.»

«Il faut le dire aux gendarmes», propose Jules.

«Ceux de Wintzenheim? Certainement pas! Ils iraient tout droit en parler aux Geiss, et après c'est le père de Rémi qui aurait des ennuis. Non, moi je vous conseille d'écraser. C'est plus prudent.»

Jules regarde par la fenêtre et constate que le jour baisse.

«Il faut qu'on rentre, on va se faire engueuler», signe-t-il.

«Un dernier coup», fait Rémi avant de se resservir.

Jules ne fait aucun commentaire cette fois, mais ne peut s'empêcher d'afficher un air accablé. Rémi s'en aperçoit et, après avoir vidé son verre d'une traite, il signe, bravache:

«C'est pour célébrer notre découverte!»

Puis, désinhibé par l'alcool, il bondit sur ses pieds et tend la main à Charala comme s'ils étaient de vieux copains. Jules n'a jamais traité une personne âgée ainsi, d'égal à égal. Il sait à quoi est due l'excitation de Rémi, et si Charala ne s'en offusque pas, c'est qu'il connaît l'affection qu'a son jeune ami pour lui ou qu'il a trop bu lui-même pour s'en rendre compte.

Malgré tout, Jules est choqué et s'en ouvre à Rémi dès qu'ils sont à l'extérieur.

«Relax, Jules! Tu vas finir cardiaque si tu ne te lâches pas un peu. On est sourds, pas malades, on peut boire un coup de temps en temps.»

Jules ne répond rien. Il sent que son ami n'est pas en état d'entendre la critique, pourtant il devine que Rémi ne boit pas seulement «un coup de temps en temps». Mais qui est-il pour lui faire la leçon? Il a bien vu que Rémi était à deux doigts de s'emporter tout à l'heure lorsqu'il cherchait à le mettre en garde. Il est triste de voir la façon dont il s'intoxique, mais il n'a pas envie de perdre un ami qu'il vient à peine de rencontrer et qui est si sympathique par ailleurs.

7

Les Lascaud prennent leur petit déjeuner en famille sur la terrasse, face au spectacle merveilleux de la Forêt-Noire et des Alpes suisses au loin. La grand-mère Gruber a préparé des kouglofs la veille et en a déposé un ce matin devant la porte de leur appartement. Jamais Jules n'a mangé une brioche aussi bonne.

Son père est à table, la main droite rivée à une énième tasse de café. Il ne s'est pas rasé depuis deux ou trois jours et, avec son teint mat et ses cheveux bruns, aujourd'hui hirsutes, il commence à ressembler à un mafioso. Sa mère, quant à elle, prend son thé allongée sur un transat et lit un roman. Ses cheveux sont détachés; Jules la trouve très belle quand elle les laisse retomber de cette manière.

Ce serait pour eux un petit déjeuner de rêve si Jeanne n'avait pas décidé de raconter sa journée de la veille par le menu. Jules la voit parler, parler... Elle ne s'arrête que pour signer à son intention. Lui se garde bien de révéler à ses parents comment Rémi et lui ont occupé la leur.

Pour aujourd'hui, leur mère propose une visite du centre-ville de Colmar, notamment la partie que l'on surnomme la «Petite Venise», et puis aussi le musée Unterlinden et son fameux retable d'Issenheim, la cathédrale et ses tuiles vernissées... Mais au fur et à mesure qu'elle énumère les lieux, les épaules de Jules et de sa sœur s'affaissent. Jeanne, n'y tenant plus, laisse échapper un soupir d'ennui:

«Je pourrais pas aller à Aqualand avec Amandine et Chloé?»

«Aqua quoi?»

«Aqualand. C'est comme une piscine mais en dix fois mieux. C'est juste avant la frontière, sur le Rhin. On y est en vingt minutes, j'ai regardé sur Internet», précise Jeanne.

«Je vois que tu es très organisée quand tu veux», ironise son père.

Jeanne, qui a parfaitement saisi l'allusion aux incessantes disputes qu'ils ont au sujet du rangement de sa chambre, lui répond par une grimace qui se passe de traduction en langue des signes.

«On peut faire ça un autre jour», propose leur mère.

«Vous dites toujours ça et après on fait rien de ce qui nous plaît à nous.

«Ça ne va pas vous occuper toute la journée. On peut aller à cette "super" piscine ce matin, revenir déjeuner ici et aller à Colmar cet après-midi», propose leur père.

«Cet après-midi, avec Chloé et Amandine, on voulait regarder le Tour de France», se désespère Jeanne.

«Depuis quand t'intéresses-tu au Tour de France, toi?»

Jules ouvre un nouveau front entre parents et enfants:

«Moi, je préférerais rester avec Rémi», ajoute-t-il.

«Il travaille avec son père toute la journée.»

«Justement, il m'a proposé de les accompagner.»

«C'est un travail qui demande certaines compétences. Il ne faudrait pas que tu les déranges.»

«J'apprendrai.»

Ses parents sourient, légèrement condescendants, ce qui a le don d'énerver Jules.

«Vous dites tout le temps qu'il faut se confronter à la réalité de la vie quand on est jeune, c'est l'occasion.»

«Il faudrait d'abord en parler avec Denis. Il y a des questions de responsabilité, je ne suis pas sûr qu'il accepte de...»

«Il est là, je viens de le voir passer. Allons-y tout de suite.»

Le père de Jules s'agace. Il n'aime pas être mis devant le fait accompli, ni prendre des décisions à la va-vite:

«Nous devons profiter de ce que nous sommes en Alsace pour découvrir, visiter...»

Mais Jules n'a pas l'intention de lâcher le morceau:

«Pourquoi avoir pris un gîte tenu par une famille appartenant à l'Association des parents d'enfants sourds? C'était bien pour que je me fasse un ami sourd comme moi.»

«Il n'a pas tort», affirme Jeanne pour venir à la rescousse de son frère autant que pour servir ses propres intérêts: repousser la visite guidée de Colmar à une date non définie et aller à Aqualand pendant que Jules passe la journée dans les vignes avec Rémi.

Leur père consulte son épouse. Les enfants comprennent qu'ils ont gagné quand leur mère sourit à son mari amoureusement, l'air de dire: «Laisse-le donc! C'est bien qu'il veuille passer du temps avec son nouvel ami, surtout si c'est de façon aussi intelligente.»

Jules et Jeanne connaissent la tactique par cœur: pour faire céder les parents sur une journée «famille», il faut proposer une autre option considérée comme «intelligente»: activité de plein air ou collective, sortie utile, instructive ou encore culturelle... Le but étant qu'au final les parents lèvent leur surveillance et que les enfants fassent ce que bon leur semble. Ils savent aussi que s'ils cèdent pour Jules, ils sont obligés de céder pour Jeanne et son projet piscine plus Tour de France.

Monsieur Lascaud abdique. Il écarte les bras pour signifier qu'après tout, pourquoi pas. C'est leur mère qui confirme par un hochement de tête et un large sourire attendri à sa fille.

« Il faut prévenir les parents d'Amandine et de Chloé tout de même, et s'assurer qu'ils n'avaient pas prévu quelque chose ce matin avec elles. »

« Ils travaillent aujourd'hui. Elles devaient rester chez leurs grands-parents. »

« Il faut qu'ils soient au courant malgré tout, sinon on ne les emmène pas avec nous à Aqua machin. »

Jeanne engloutit son bol de chocolat chaud, s'essuie les babines et jette sa serviette en boule sur la table. Sans demander l'autorisation de se lever, elle fonce en direction de la maison d'Amandine et de Chloé. Jules s'amuse de voir ses parents soupirer, émerveillés par tant d'énergie et d'enthousiasme, et hésiter à la rappeler pour la contraindre à une sortie de table « réglementaire » : plier sa serviette après avoir rangé son bol au lave-vaisselle. Mais Jeanne les a pris de court, elle traverse déjà la route ; elle sait qu'ils ne la feront pas revenir maintenant. Jules est admiratif.

Son père attrape les *Dernières Nouvelles d'Alsace*, laissées par Denis sur la table de la terrasse à leur intention, et ouvre le journal aux pages locales. Jules le regarde disparaître derrière la double page qu'il tient de ses deux bras tendus et qu'il triture pour la faire tenir droit. Jules se souvient qu'il aimait bien le bruit du papier ainsi malmené. Il lit rarement le journal mais quand cela lui arrive, cette sensation lui manque. Son père survole les titres et, après quelques secondes de lecture en diagonale, replie le quotidien sur lui-même plusieurs fois et le présente à Jules en posant son index sur un article. Jules le saisit et lit à son tour :

Accident mortel sur la route des Trois Tours. Hier, dans la nuit du 30 juin au 1er juillet 2013, un véhicule Peugeot 206, immatriculé YH 654 TT dans les Hautes-Pyrénées, a quitté la chaussée pour une raison indéterminée et fini sa course dans le talus au niveau du lieu-dit « La cabane des chasseurs ». Le conducteur, un certain Étienne Liais, né le 3-8-1942, domicilié 15, chemin des Feuillets, à Tarbes (65), est mort sur le coup, selon les premières conclusions de la gendarmerie de Wintzenheim. Les analyses sanguines pratiquées post mortem *détermineront si le conducteur était sous l'emprise de l'alcool ou de substances toxiques au moment des faits, mais la fatigue ou un malaise au volant sont les explications privilégiées pour l'instant. Notons que la victime ne connaissait probablement pas la route et roulait de nuit. En outre, elle était handicapée. Il est donc possible que ses facultés de conduite n'aient pas été entières au moment de l'accident. Selon nos sources, monsieur Liais vivait seul, et les services de police tarbais ne sont pas parvenus à entrer en contact avec sa famille ou des proches. Avant d'établir le permis d'inhumer, le parquet de Colmar a décidé de lancer un appel à témoins. Toute personne étant en possession d'informations relatives à ce tragique événement, ou à la victime dont le portrait figure ci-contre, est priée d'entrer en contact avec la gendarmerie ou le poste de police le plus proche, ou d'appeler le numéro suivant : 03 89 49 29 19.*

Le visage d'un vieil homme barbu portant d'épaisses lunettes accompagne l'article.

Tout à coup, Jules se redresse, manquant renverser son café au lait. Il arrache la page du journal sous les yeux médusés de ses parents et sort de table aussi précipitamment que sa sœur.

8

« 3 août 1942! 3 août 1942!» signe Jules, tout excité.

Rémi est en train de préparer une commande arrivée par fax ce matin pour un gros client à Paris. Jules agite l'article sous son nez.

«Et alors?» fait-il après avoir lâché son feutre et son bordereau.

«Essaie de te rappeler. Cette date ne te dit rien?»

Rémi fronce les sourcils, fait non de la tête.

«La tombe des Stahl. Joséphine Stahl est morte le 3 août 1942!»

Rémi réfléchit une seconde. Puis, alors qu'il vient de comprendre tout ce que cela implique, son visage s'illumine:

« Le mort de la route des Trois Tours est né le jour où Joséphine Stahl est morte ! »

Tout le buste de Jules fait « oui ».

Les deux amis se dévisagent. Qu'est-ce que cela peut bien signifier ? Tous les possibles s'ouvrent à eux. Ils sont tels un couple d'aventuriers sur le point d'embarquer sur *L'Astrolabe*, des chercheurs à deux doigts de faire une grande trouvaille, deux détectives s'apprêtant à révéler le nom du coupable. Certes, ils ne connaissent pas encore le crime, mais ils tiennent une victime et trop de coïncidences pour qu'il n'y ait pas un criminel derrière. Ils se regardent toujours et jubilent.

« Il faut en parler aux gendarmes ! »

Jules fait une moue dubitative :

« Ils ne nous prendront jamais au sérieux. »

« Nous tenons des faits ! »

« Ils n'écouteront pas deux mineurs... Sourds en plus. »

« Alors demandons à mon père d'aller leur parler. Il les connaît, il est le lieutenant des pompiers, ils l'écouteront, lui. »

« Encore faut-il le convaincre. Les adultes ont tendance à ne pas prendre en considération ce que nous disons. »

« Mon père n'est pas comme ça. »

« T'as de la chance, les miens me voient encore comme un bébé et ils ont toujours peur que je dérange les gens avec mes histoires. »

«Ils cherchent peut-être à te protéger après ce qui t'est arrivé. Il faut les comprendre.»

Jules en reste interdit. Ce n'est pas la première fois qu'on lui dit ça. Damien, l'infirmier qui s'est occupé de lui lorsqu'il était hospitalisé après son coma, lui avait déjà ouvert les yeux sur l'amour des parents qui peut se transformer en angoisse et en surprotection. Il le lui avait fait accepter, même si c'est parfois difficile à supporter pour un fils. Mais venant de Rémi, un jeune de son âge, les mots résonnent différemment. C'est peut-être ridicule mais soudain, à neuf heures du matin, dans cette cave viticole, il prend conscience des peurs que ses parents ont dû surmonter depuis près d'un an, des efforts qu'ils ont dû consentir. Il repense avec tendresse à leur façon de signer qu'il trouve souvent maladroite et dont il se moque parfois secrètement. Il regarde Rémi qui finit de lire l'article et se demande comment ses parents réagiraient s'il leur annonçait qu'ils sont en train d'enquêter sur les vignes tronçonnées et le mort de la route des Trois Tours.

«Il est où, ton père?»

«Il passe la rogneuse, ce n'est pas le moment de le déranger.»

«Tu sais ce qu'on pourrait faire en attendant?»

«Non.»

«Consulter les registres de l'état civil à la mairie.»

«Les quoi?»

«Qu'est-ce qu'on vous apprend, dans vos centres pour sourds en Alsace? le taquine Jules. Moi, j'ai étudié ça cette année: tout ce qui concerne quelqu'un – mariage, enfants, divorce, décès, etc. – est conservé dans sa mairie d'origine, là où sa naissance a été enregistrée. Si Joséphine Stahl est née à Nerhussen, on n'aura pas de mal à retrouver sa fiche.»

«Je connais la secrétaire de mairie, c'est une peau de vache. Elle ne voudra jamais nous laisser regarder dans ses dossiers.»

«Elle n'a pas le droit de nous le refuser, c'est public.»

«Tu es sûr?»

«Oui. Allez, on y va.»

«Aide-moi à finir cette commande et je t'accompagne.»

Les deux garçons s'activent et un quart d'heure plus tard, la palette est prête à être expédiée sous son film de protection.

«Avant d'y aller, je voudrais me faire un café.»

Jules souffle, impatient.

«Je n'ai pas pris le temps de petit-déjeuner ce matin, explique Rémi. Tu montes ou tu m'attends?»

Jules suit son ami dans l'escalier qui monte chez les Gruber, puis à l'intérieur de la maison. Ils empruntent un long couloir menant à la cuisine où Camille est en train de déjeuner.

«T'es pas encore au boulot?» lui demande Rémi.

«J'ai travaillé tard hier soir.»

«On retient mieux le matin.»

«Ça va, tu ne vas pas t'y mettre toi aussi! J'en entends assez avec papa et maman.»

Rémi se fait un café tout en signant dans le dos de sa sœur à l'intention de Jules:

«Elle prépare le concours pour entrer à l'école d'infirmières, ça la met de mauvais poil.»

Jules, qui est face à Camille, fait semblant de n'avoir rien vu mais la jeune fille a senti que son frère faisait quelque chose à son insu. Elle se retourne vivement:

«Qu'est-ce que tu trafiques?»

«Je me fais un café.»

«Mouais. Je n'aime pas quand tu restes derrière moi comme ça.»

«Complètement parano! Viens, Jules, on va sur la terrasse, on sera plus tranquilles.»

Mais Jules regardait à l'extérieur depuis la fenêtre ouverte de la cuisine, il n'a pas vu les derniers signes qui lui étaient destinés. La maison, légèrement en hauteur par rapport à la route, domine le village et la plaine. Lui qui pensait que Nerhussen était paisible est surpris de découvrir l'agitation qui y règne. Sur la route des vins circule un flot incessant de touristes; dans les vignes, pareils aux ouvrières d'une fourmilière, s'active un ballet de tracteurs facilement repérables au milieu de la canopée grâce à leur gyrophare orange; à tel point que l'air pur des collines est troublé par moments par une légère odeur de gasoil.

Quand Jules se retourne, Rémi n'est plus là et Camille le regarde. Pour la première fois, Jules croit déceler de l'amabilité dans ses yeux. En fait, elle ébauche presque un sourire. Elle pose sa tartine et signe très sobrement, très lentement, traduisant une certaine hésitation :

« Je te demande pardon pour ce que je t'ai dit hier. Ce n'était pas... C'était méchant. »

Jules rougit, il est pris au dépourvu, il ne s'attendait pas à ça.

« Je... Ce n'est pas grave. »

« Si. Je ne vois pas de quel droit je me suis permis de te juger. C'est toi qui es sourd, c'est un peu facile de te dire ce qui est bien ou mal. »

« C'est vrai que tu n'as pas été tendre, mais ce n'est pas une raison pour t'en vouloir... »

« Je n'aurais pas dû », le coupe-t-elle.

« Je peux comprendre. Ton frère étant un sourd signeur à cent pour cent... »

« Non, franchement, je suis désolée. »

« Arrête ! Ce n'est pas possible, c'est un vrai dialogue de... »

« De sourds ? »

Camille et Jules se regardent, éberlués, puis ils éclatent de rire.

Cette fois, elle lui sourit franchement. Jules a de la peine à le croire. C'est comme si un poids venait de lui être enlevé. Il la trouvait déjà très belle ; maintenant qu'elle n'arbore plus cet air hautain, elle l'est davantage encore. Il aimerait lui attraper la main, là, sur-le-champ, et lui déclarer tout ce qu'il ressent pour elle, cette envie d'être son amoureux et de l'aimer toute la vie. Il n'en fait rien, évidemment. Il se contente de signer, tout simplement :

« En tout cas, je n'oraliserai plus devant toi puisque ça te gêne. »

Camille continue à lui sourire ; il y a presque de la tendresse dans son regard. Jules en est gêné, il se demande à quoi elle pense. C'est le moment que choisit Rémi pour débouler dans la cuisine. Après avoir déposé son bol dans l'évier, il se plante devant Jules :

« Bon, on y va ? Je suis prêt, moi. »

9

Comme prévu, la secrétaire de mairie, une certaine madame Hassenforder, les accueille avec l'amabilité d'une porte de prison. C'est à peine si elle tourne sa tête ronde et blonde vers eux quand ils entrent dans le bureau. Le fait que les deux garçons soient sourds et qu'elle connaisse bien Rémi n'y change rien. Elle ne se déride pas davantage lorsque ce dernier la salue d'un geste de la main tout en souriant à la manière d'un enfant. Tout juste lève-t-elle son double menton du courrier qu'elle était en train de taper. Rémi hausse les épaules, puis sort un petit carnet et un stylo de la poche arrière de son pantalon. Il gribouille quelque chose et tend le carnet à madame Hassenforder qui daigne s'interrompre pour lire la note. Elle dit une phrase à voix haute, et les garçons, à l'expression de son visage, comprennent que c'est une réponse négative. Mais Rémi ne s'en satisfait pas. Il frappe la pointe de son stylo sur une nouvelle page vierge de son carnet, exigeant qu'elle écrive ce qu'elle vient de dire. La secrétaire de mairie hésite. Jules comprend qu'elle pèse ses mots avant d'en laisser une trace définitive sur papier.

– *Pourquoi souhaitez-vous voir les registres de l'état civil?*

Rémi et Jules se regardent. Ils n'avaient pas pensé à ça. Rémi improvise un mensonge:

– *C'est pour un exposé que nous devons faire pour notre prof d'histoire-géographie pendant les vacances, pour la rentrée.*

Madame Hassenforder prend connaissance du mot et répond immédiatement:

– *On n'a pas accès à ces registres aussi facilement que cela.*

Rémi ne se démonte pas et, du tac au tac, lui rétorque:

– *Ce sont des documents publics. Notre professeur nous a dit que n'importe qui a le droit de les consulter.*

La secrétaire de mairie se redresse et rédige d'un trait vindicatif:

– *Pas n'importe qui. Il faut être majeur.*

Alors Rémi lance son va-tout:

– *Bon, je vais chercher mon père dans ce cas. Je ne voulais pas le déranger parce qu'il est dans les vignes aux heures d'ouverture de la mairie, mais comme c'est un travail pour le lycée, il viendra.*

Jules voit la secrétaire de mairie froncer les sourcils alors qu'elle considère les derniers mots de Rémi. Déranger un viticulteur pendant son travail, quand on est secrétaire de mairie dans un village viticole de trois cent cinquante habitants dont les deux tiers vivent de la vigne, a certaines implications qu'elle connaît. Surtout s'il s'agit du chef des pompiers. Rémi fait mine de reprendre son carnet et de quitter le bureau, mais elle s'en saisit et, d'un air pincé, consent à rédiger sur une page vierge qu'elle ouvre elle-même :

– Exceptionnellement, je vous autorise à les consulter. Mais c'est uniquement parce que je te connais, Rémi.

Cette dernière phrase est destinée à Jules qui, il l'a bien compris, n'est pour elle qu'un Français de l'intérieur. Peu lui importe, pourvu qu'ils puissent enfin jeter un coup d'œil aux actes de la famille Stahl.

– Quelle année souhaitez-vous consulter ?

– 1924. Nous faisons un travail sur l'entre-deux-guerres.

La secrétaire de mairie les observe par-dessous, comme si elle soupçonnait quelque chose.

– Vous n'êtes pas les premiers à demander à voir les registres de cette année-là.

Jules et Rémi se regardent, interloqués.

– Qui a demandé à les voir avant nous ?

– Je ne me souviens plus de son nom. Un monsieur de passage dans la région.

– C'était quand ?

– La semaine dernière. De toute façon, son nom et la date seront inscrits sur le bordereau des consultations.

Ils la suivent des yeux alors qu'elle se déplace difficilement sur ses talons pointus jusqu'à une armoire métallique dans laquelle sont entassés des dizaines de classeurs. Elle en sort un vert foncé, puis elle fait le chemin inverse pour le déployer sur le comptoir devant eux. Elle pointe son doigt potelé sur le dernier nom inscrit sur le bordereau : *Étienne Liais*.

Les deux garçons n'ont pas besoin de signer pour se comprendre. Ils ont encore en tête l'article des *Dernières Nouvelles d'Alsace* de ce matin. Étienne Liais est bien le nom de l'automobiliste décédé sur la route des Trois Tours ! Comment madame Hassenforder n'a-t-elle pas fait le lien ? Peut-être ne lit-elle pas la presse locale, ce qui serait étonnant pour une secrétaire de mairie. Fébrilement, ils tournent les pages du registre d'état civil jusqu'à l'année 1924. Ils retrouvent l'acte de naissance de Joséphine Stahl et ont confirmation qu'elle est morte le 3 août 1942, mais l'élément nouveau est que son acte de décès a été établi par la mairie de Vic-en-Bigorre dans les Hautes-Pyrénées (65). De nouveau, les garçons exultent en se souvenant que la voiture d'Étienne Liais était immatriculée dans le département 65. Il y a maintenant trop de coïncidences pour qu'ils n'aient pas raison : cette mort cache quelque chose.

Jules et Rémi ont la même idée au même moment : ils claquent le vieux cahier au nez de madame Hassenforder et se précipitent hors de la mairie comme s'ils venaient de voir un fantôme.

10

Denis Gruber est au pied de son engin quand les deux garçons, à bout de souffle, le trouvent après dix minutes d'une course effrénée. Les mains pleines de cambouis et l'air peu amène, le père de Rémi s'affaire autour de la rogneuse, visiblement en panne. Les deux adolescents tombent mal, mais ils sont trop impatients de lui exposer leur découverte pour attendre un moment plus propice. De toute façon, Denis ne déjeune que rarement avec les autres, préférant avaler des restes sur le pouce avant de repartir dans les vignes. D'un mouvement du menton, il leur indique qu'il a noté leur présence mais qu'il est trop concentré sur ce qu'il est en train de faire pour s'interrompre.

« C'est la prise de force qui déconne, explique Rémi à Jules. Ça arrive souvent. »

Rémi attend que son père se soit redressé pour se planter devant lui :

« On a trouvé un truc incroyable. »

« Pas maintenant. »

« C'est très important. Il faut qu'on te parle. »

« Tu ne vois pas que je suis occupé ? »

« Ça concerne le mort sur la route des Trois Tours. »

D'un mouvement agacé de la tête, Denis leur demande de s'écarter. Mais Rémi ne bouge pas et revient à la charge :

« Jules et moi, on pense que c'est peut-être un meurtre ! »

Le visage de Denis passe par toutes sortes d'expressions : la contrariété tout d'abord, parce qu'ils le dérangent ; puis le choc, quand il réalise ce que Rémi vient de dire ; l'inquiétude enfin, parce qu'il n'est pas dans les habitudes de son fils de raconter des inepties. Il comprend que les deux garçons sont sérieux. Certes, il a déjà perdu beaucoup de temps à cause de cette panne, mais si ce qu'ils affirment est vrai, il doit les écouter. Un instant, il réfléchit, bras écartés, mains toujours couvertes de graisse. Il attrape finalement une vieille serviette qui sert de chiffon et s'essuie les mains.

« Bien, racontez-moi. Qu'est-ce que c'est que cette histoire de meurtre ? »

Rémi récapitule tous les éléments qu'ils ont mis au jour et la façon dont ils s'emboîtent, aidé par Jules qui complète telle ou telle information. Son père les *écoute* attentivement, réagissant à plusieurs reprises, montrant un intérêt grandissant pour les investigations qu'ils ont menées, mais lorsque Rémi évoque les armoiries de la famille Geiss sur l'étiquette de la bouteille de vin, il l'interrompt sèchement :

« Qu'est-ce que vous faisiez à boire du vin chez Charala ? »

« Papa ! Ce qui compte, c'est ce qu'on a découvert. »

« Tu sais très bien que tu n'as pas le droit de boire de l'alcool en dehors des dégustations avec moi à la cave. »

Rémi lève les yeux au ciel et écarte les bras, l'air de dire que ce n'est pas le moment de discuter de ça. Jules vient à sa rescousse :

« Charala avait ouvert une bouteille pour me souhaiter la bienvenue. Rémi a décliné son offre. C'est moi qui ai pris un tout petit verre. Je me suis senti obligé d'accepter mais j'ai juste trempé les lèvres. »

Denis Gruber les observe tour à tour. Il hoche la tête lentement à plusieurs reprises pour leur signifier qu'il n'est pas dupe.

« Bref. Continue. »

Rémi reprend son récit en lui faisant part de ce qu'ils viennent de lire dans les archives de la mairie. Puis il cesse de signer, attendant une réaction de son père. Celui-ci, mains sur les hanches, demeure pensif. Il a baissé la tête vers le sol parce que, pour le viticulteur qu'il est, les réponses aux questions des hommes viennent de la terre. Tout à coup, il acquiesce, comme s'il venait d'en obtenir une à celle qu'il se posait :

« Il faut en informer les gendarmes. »

11

Le capitaine Croville n'est pas à proprement parler un ami de Denis Gruber, mais les deux hommes s'estiment. Denis, en tant que chef du corps des pompiers volontaires de Nerhussen, est souvent intervenu sur les mêmes accidents ou incendies que lui. Le capitaine n'a pas encore la quarantaine. Il a un regard rassurant et franc, et l'écoute qu'il accorde à Jules et à Rémi, traduits par Denis, est celle de quelqu'un qui comprend vite et n'a aucun a priori. Ce n'est pas parce qu'ils sont mineurs qu'il les regarde avec condescendance, ni parce que l'un d'eux est le fils du chef des pompiers du coin qu'il va prendre ce qu'ils ont à dire pour argent comptant. Il les laisse finir de relater tout ce qu'ils ont déduit ou appris, puis leur pose une série de questions pour les amener à préciser tel point, répéter tel autre en choisissant un angle différent. Des scènes désagréables reviennent à l'esprit de Jules : il revoit le capitaine Sors qui l'avait interrogé dans sa chambre d'hôpital et l'avait fusillé du regard alors que le docteur Fontan le mettait dehors. L'évocation de ce moment douloureux est si vive qu'il est pris d'un début de vertige. Il regrette d'avoir fait la démarche de se rendre à la gendarmerie car, en témoignant spontanément, ils se sont jetés dans la gueule du loup. Ce capitaine Croville, qui a l'air intelligent et accueillant, n'est peut-être qu'un militaire borné, après tout ! Mais à la fin d'un entretien rendu plus long par la traduction en langue des signes, le gendarme, qui s'était approché de son bureau pour noter tout ce qui se disait, s'enfonce dans son fauteuil et fixe les deux amis en silence ; sans animosité mais avec insistance.

De longues secondes s'écoulent, qui paraissent interminables à Jules. Ce doit être sa façon de réfléchir, pense-t-il, comme Denis qui fixait le sol tout à l'heure. Sauf que pour lui, la vérité se cache non pas dans la terre mais dans le regard de celui qu'il interroge. Jules se demande s'il n'aurait pas dû prévenir ses parents avant de suivre Denis jusqu'ici. Ils seront certainement contrariés quand ils apprendront qu'il s'est fourré dans une telle affaire sans les tenir informés, même si le fait qu'il soit accompagné de Denis devrait les rassurer. Il pense à Jeanne qui, pendant ce temps, s'éclate à Aqualand avec les deux petites cousines de Rémi, insouciante, loin de se douter que son frère est à cet instant dans le bureau d'un capitaine de gendarmerie. Jules et Rémi commencent à perdre patience. Ils se tournent vers Denis, l'interrogent discrètement du regard. Celui-ci leur adresse un signe rassurant de la tête.

Enfin, le gendarme s'adresse à lui. Commence alors une discussion entre les deux hommes, que Denis ne traduit pas. Au fur et à mesure qu'ils parlent, son visage se décompose. Jules et Rémi le remarquent et lui jettent des coups d'œil inquiets. Rémi tapote le genou de son père pour obtenir des explications.

«Plus tard», lui répond-il en langue des signes.

L'échange dure encore quelques minutes, à l'issue desquelles le capitaine se lève en tendant la main à Denis. L'entretien est terminé, et les garçons ne savent pas quoi en penser. Ils attendent avec impatience que Denis les éclaire.

Il est plus de treize heures lorsqu'ils passent le portillon de la gendarmerie. Sur le parking, Denis résume aux deux garçons l'échange qu'il vient d'avoir avec le gendarme :

«Le côté positif, c'est qu'il vous a pris au sérieux. Il va vérifier tout ce que vous affirmez. Il ne voit pas ce que les Stahl viennent faire là-dedans, mais il avoue que la concordance des dates de décès de Joséphine et de naissance d'Étienne Liais est troublante. Surtout qu'elle est décédée à Vic-en-Bigorre, là où il est né, lui. En plus, le fait qu'il ait consulté les registres de l'état civil quelques jours seulement avant de mourir ne peut pas être une coïncidence. Le capitaine se souvient aussi du médaillon qu'il a lui-même mis sous scellés. Il n'avait pas fait attention mais, en effet, il correspond à la description du logo des Geiss.»

«C'est plutôt une bonne nouvelle! Cela veut dire que nous avons raison.»

«Le problème, c'est la présence de la tronçonneuse dans le coffre de la voiture: elle fait de moi un suspect.»

Jules et Rémi écarquillent les yeux. Denis continue:

«Au même titre que Jacques Geiss. Ce sont nos vignes qui ont été vandalisées, ça nous donne un mobile... Même si le fait que Jacques Geiss n'ait pas voulu porter plainte, ajouté à cette histoire de médaillon, le place en position de suspect numéro 1 et moi de numéro 2.

Les deux garçons sont épouvantés. Sans le savoir, ils ont apporté des éléments à charge contre Denis.

«Il a dit qu'il allait transmettre ces éléments au procureur.»

«Au procureur?»

«Afin qu'il ouvre une instruction. Ainsi, ses collègues de Tarbes pourront fouiller l'appartement de la victime. Cette démarche est nécessaire pour qu'une autopsie soit faite, ou même pour que le capitaine Croville puisse interroger des témoins. Mais il a promis que vous ne seriez pas cités. Il dira qu'il a découvert certains éléments sur lesquels j'ai attiré son attention au cours de ma déposition... Quitte à les ajouter a posteriori au procès-verbal de la plainte que j'ai déposée à la suite des actes de vandalisme dans nos vignes. Moi, en revanche, je serai entendu comme témoin.»

«Qu'est-ce que ça veut dire?»

«Qu'ils vont vérifier mon emploi du temps et que je dois rester à leur disposition dans les jours à venir.»

Jules est abasourdi. Jouer aux inspecteurs dans les vignes est une chose, être confronté à la réalité d'une enquête en est une autre. Denis a beau être innocent, la tournure des événements le met dans une situation inconfortable. On ne sait jamais ce qui peut se passer dans la tête d'un juge; l'histoire est pleine d'erreurs judiciaires. Heureusement, il y a aussi des tas de flics qui font très bien leur travail, et Jules repense aux lieutenants Tatger et Girard grâce à qui il s'en est sorti.

«Tu vas avoir des ennuis à cause de nous?» demande Rémi, visiblement très inquiet.

«Non, au contraire, lui répond son père. Ce que vous avez trouvé m'innocente et dirige l'enquête vers les Geiss; bien que je ne croie pas un instant que Jacques puisse être impliqué là-dedans. Le vieux monsieur a certainement eu un accident tout seul. On verra ce que donne l'autopsie, mais il n'y avait pas de traces de lutte ou de violence dans la voiture.»

«On se croirait dans une série télévisée», commente Rémi, rassuré.

«Je ne sais pas s'il faut s'en réjouir, réplique Jules. Quelqu'un est mort, tout de même.»

Son téléphone se met à vibrer tout à coup.

«C'est ma mère. Ils sont déjà rentrés d'Aqualand et elle me demande où je suis», explique-t-il à Rémi et à Denis.

«Allons-y.»

Ils montent dans la voiture et quittent Wintzenheim. Au niveau d'un embranchement à la sortie du bourg, Denis se prépare à tourner à droite pour emprunter la route des Trois Tours. Jules le voit hésiter puis finalement continuer tout droit par la plaine. Ce n'est pas le chemin le plus court, mais ainsi ils ne passeront pas devant le lieu de l'accident. Denis, qui a senti l'embarras de Jules et qui n'est probablement pas à l'aise lui-même, a jugé préférable d'éviter une nouvelle évocation de ce tragique événement.

Quand ils arrivent quelques minutes plus tard au domaine, Denis accompagne Jules au gîte afin d'expliquer de vive voix leur démarche auprès des autorités à ses parents. Les Lascaud sont dans la cuisine, ils s'apprêtaient à passer à table. Jeanne est en train de grignoter des chips pour patienter. Jules voit le visage de ses parents devenir livide alors que Denis leur apprend d'où ils viennent. Il imagine aisément l'effet qu'a pu produire le mot «gendarmerie» sur eux. Il se rassure en se disant qu'il n'a rien à se reprocher, au contraire. À la façon dont ils le regardent, Jules devine que Denis relate non seulement l'épisode de la gendarmerie mais également toute l'enquête que les deux garçons ont menée de leur propre chef. Eux qui essaient de le préserver de tout choc émotionnel! Ils ont l'air à la fois affolés et fiers. Jeanne se rapproche de son frère pour le prendre dans ses bras. Jules est un peu gêné par cette démonstration de tendresse. Il estime qu'ils ont passé l'âge pour cela. Il songe à Camille. Que ne donnerait-il pas pour que ce soit elle qui vienne se blottir contre lui! Il lui tarde de la revoir; il espère qu'en apprenant leurs exploits, elle le considérera avec admiration.

La discussion s'éternise. Jules comprend que son père vient de proposer un apéritif à Denis qui décline et s'éclipse, désireux de rejoindre les siens. Dès qu'il est sorti, ses parents posent une rafale de questions à Jules:

«Comment avez-vous...?»

«Explique-nous pourquoi...»

«Qu'est-ce qui vous a donné l'idée de...?»

C'est fou comme ils peuvent être lourds parfois, se dit-il. Ne voient-ils pas qu'il a envie de souffler cinq minutes? Du reste, il suppose que Denis leur a tout dit et qu'il n'a pas grand-chose à ajouter. C'est sa sœur qui fait office de gong et le sauve en leur rappelant qu'il est tard et qu'elle meurt de faim. Dans ces cas-là, Jules l'adore et lui pardonne facilement l'embarras provoqué par ses débordements sentimentaux.

12

Au cours des jours qui suivent, Rémi accapare Jules et ne lui laisse pas le loisir de faire autre chose que de travailler avec lui dans les vignes ou en cave. Les deux garçons s'entendent à merveille et Jules se réjouit d'apprendre un tas de choses. Ses parents sont comblés de le sentir aussi heureux. Depuis son accident, c'est la première fois qu'ils constatent un tel enthousiasme chez lui. Sitôt son petit déjeuner avalé, Rémi passe le prendre et ils disparaissent pour ne revenir qu'au moment du repas de midi. Jeanne aussi s'évapore dès le matin avec ses nouvelles copines, les sœurs jumelles. Toutes les trois semblent être retournées à l'état de sauvageonnes. Elles consacrent leurs journées à se promener dans les bois ou dans les vignes, elles courent partout et jouent à Dieu seul sait quoi. Leurs parents se sont fait une raison : ils organisent leurs journées en ne tenant compte ni de l'un ni de l'autre. Ils ont vite compris que c'est ainsi que les jeunes vivent dans le village, livrés à eux-mêmes sans pour autant courir le moindre danger. Aussi ont-ils décidé de ne plus s'inquiéter et de profiter de leurs vacances.

Jules n'a guère l'occasion de se retrouver seul avec Camille comme il le souhaiterait. Elle passe son temps dans sa chambre, soi-disant pour réviser son concours, bien qu'elle ne donne pas l'impression de fournir un travail acharné. Jules l'aperçoit de temps en temps à sa fenêtre, fumant une cigarette dont elle recrache la fumée le plus loin possible de la chambre pour éviter les odeurs qui la dénonceraient. Quand il la croise dans la cour, interrompant son travail pour la suivre des yeux, il est heureux de constater qu'elle ne lui réserve plus le même accueil froid. Elle lui adresse désormais un sourire discret ou un geste de la main qui entretiennent ses espoirs.

Dans le village, alors que se prépare la fête votive du 14 Juillet, les rumeurs au sujet des vignes tronçonnées et du mort de la route des Trois Tours vont bon train. Ce que l'on appelait l'« accident » dans les premiers temps est vite devenu le « meurtre ». Les mauvaises langues se sont déchaînées lorsque Denis Gruber et Jacques Geiss, le propriétaire de l'autre parcelle vandalisée, ont été convoqués à la gendarmerie pour expliquer leur emploi du temps dans la nuit du 30 juin au 1er juillet. Tous deux ont eu beau affirmer n'avoir pas quitté leur domicile, et bien que personne ne puisse les contredire sur ce point, le doute s'est installé. Il en est même dans le village pour insinuer que les deux hommes seraient de mèche et auraient commis le crime ensemble pour étouffer quelque sombre affaire d'argent sale, de trafic de vin, de fraude au service des douanes... On dit aussi qu'une voiture rouge a été aperçue dans Nerhussen quelques jours avant le tronçonnage des vignes. D'aucuns l'auraient vue sortir de la cour des Geiss, un soir tard. D'autres disent que c'était un matin, très tôt. On ne sait plus qui croire ni que penser. Ce qui est certain, c'est que personne n'ira faire part de ce qu'il croit savoir aux gendarmes. Depuis des générations, le village est tenu par les Geiss, on les craint trop pour risquer de leur porter préjudice. On médit donc, mais en chuchotant. Jules et Rémi ont le sentiment qu'on les regarde de travers dans le village. C'est Charala qui les informe des bruits qui courent. Le vieil homme commente les propos des uns et des autres, et Rémi entre dans des rages folles. Il est dégoûté par l'attitude hypocrite des gens.

Ce soir, Jules en a assez d'écouter les mêmes rengaines. Il en vient à se demander si Rémi et lui ne se sont pas fait du cinéma, si toute cette affaire n'est pas le fruit de leur imagination. Il décide de ne pas suivre son ami chez Charala et de passer la soirée à lire tranquillement sur la terrasse ou à jouer au Scrabble avec sa mère et sa sœur qui s'y adonnent religieusement tous les soirs. Jules a longtemps détesté les jeux de société, mais cela fait partie des passe-temps auxquels – par la force des choses – il s'est habitué, parce que les activités qu'il peut pratiquer avec les autres sans qu'on ait besoin d'adapter les règles à son handicap ne sont pas nombreuses. Il a même fini par y prendre goût. Après le repas, il les rejoint donc, mais une partie de Scrabble avec Jeanne qui prend tout son temps pour jouer peut durer des heures, et il fait nuit quand ils ont terminé. Jeanne monte dans sa chambre, mais Jules, lui, n'a pas sommeil. Il annonce à sa mère qu'il va se promener sur la route qui part dans les vignes. C'est le seul endroit qui soit plat dans le village. En dehors de cette route, quoi que l'on fasse, il faut monter ou descendre.

Il admire le spectacle du petit monde à ses pieds : l'immense halo orangé au-dessus de Colmar qui contraste avec la masse sombre de la Forêt-Noire, de l'autre côté de la frontière ; le trafic des voitures sur la nationale et sur l'autoroute, un peu plus loin ; le passage d'un train qui file, toutes fenêtres illuminées... Sourd ou pas sourd, ça ne change rien. Depuis ici, même un entendant ne percevrait rien du tumulte de la vallée, à peine un murmure vague et distant. Pour un peu, Jules se prendrait pour un dieu contemplant son œuvre. Il reste un long moment là, essayant de voir dans ce théâtre une métaphore de ce que sa vie sera. Doit-il comprendre que dans un monde d'entendants, sa force viendra de la hauteur, comme ce soir sur cette crête ? Qu'il devra toujours chercher à adopter une position, un point de vue depuis lequel sourds et entendants sont à égalité ? Il ne comprend pas vraiment ce qui le traverse, il ne parviendrait pas à mettre des mots dessus pour le décrire, mais il a le sentiment de toucher à une appréhension du monde qu'il ne soupçonnait pas. C'est si fort qu'il ne peut pas se tromper. La vérité est là. Il écarte les bras et inspire profondément. Il se sent plus puissant que jamais.

Il finit par rentrer. Ses parents s'attardent sur la terrasse. Ils sont restés dans le noir pour ne pas attirer les moustiques. Ils se tenaient la main lorsqu'il est arrivé et ils se sont empressés de se lâcher. Ça a fait sourire Jules. Son père boit un dernier café, sa mère a une cigarette aux lèvres. Jules la voit rarement fumer, c'est un plaisir qu'elle réserve aux fins de repas de fête ou aux moments calmes, comme celui-ci, en vacances ou pendant les week-ends.

Jules leur souhaite bonne nuit. Ses parents lui répondent en baisant le bout de leurs doigts. Avant de rentrer, il jette un coup d'œil en direction de la chambre de Camille. Sa fenêtre est ouverte, mais c'est éteint à l'intérieur. Cependant, juste avant de pénétrer dans le gîte, alors qu'il allait détourner le regard, il distingue son visage dans la pénombre. Elle est accoudée au rebord de sa fenêtre, il ne voit que le haut de ses épaules nues. Il hésite, s'arrête et lui sourit sans être certain qu'elle puisse voir l'expression de son visage de là où elle est. C'est alors qu'elle lui fait un signe de la main et se retire. Jules en est certain, ce n'était pas un simple «au revoir». Son mouvement était trop lent pour ne pas contenir autre chose ; il y avait comme un regret dans son geste, ou une invitation. Tout à coup, il sent ses joues rougir et son ventre se nouer. Il aimerait sauter sur place, danser et hurler de joie, même si rien de tout ce vacarme joyeux ne parviendrait à ses oreilles. Il voudrait courir vers Rémi pour lui dire ce qui vient de se passer, lui dire qu'il aime Camille et que Camille l'aime, peut-être, et combien il est heureux ! Mais Rémi se moquerait de lui, le mettrait en garde, inventerait toutes sortes de défauts à sa sœur.

Jules file s'enfermer dans sa chambre. Comment trouver le sommeil à présent ? Camille est-elle consciente de la tempête qu'elle vient de soulever ?

13

Jules ne dit rien à Rémi le lendemain. Il garde pour lui l'élan qui le transporte encore lorsqu'il se lève. Il a eu un mal fou à s'endormir et sa première pensée à son réveil est pour Camille.

Une fois avalé son quart de kouglof trempé dans un grand café au lait de travailleur, Jules se rend au hangar où Rémi et son père sont en train d'atteler une espèce de rouleau à l'arrière du tracteur. Ils s'interrompent pour serrer la main de Jules et lui expliquer que l'herbe étant trop haute entre les rangs de vigne à cause d'un mois de juin particulièrement pluvieux, il est plus que temps de passer la tondeuse.

«Il y en a qui désherbent, explique Denis. Moi, je préfère éviter de balancer des cochonneries.»

«Qu'est-ce que vous attendez de moi?» demande Jules.

«Que tu tondes, évidemment! Je dois me rendre à la chambre d'agriculture. Rémi et toi allez prendre chacun un tracteur. Le tien est très simple d'utilisation.»

«Je vais conduire un tracteur?»

«Oui. Rémi prendra celui-ci, et toi celui-là.»

La mine réjouie de Jules se décompose aussitôt en découvrant l'engin antédiluvien que lui désigne Denis. Il s'agit d'une espèce de chariot en ferraille dissimulé au fond du hangar sous une épaisse couche de poussière. Il lui arrive au niveau de la cuisse et ne se différencie d'une vulgaire tondeuse que par la présence d'une selle et d'un volant ridicule.

«Je vais devoir conduire ce machin?»

Jules fait une moue dégoûtée.

«Tu imaginais quoi? C'est très efficace quand l'herbe est sèche, ce qui est le cas en ce moment.»

Rémi, ce traître, est déjà installé au volant de son superbe tracteur de vigne rouge, surmonté d'un arceau. Il trône ostensiblement sur sa monture pendant que Denis explique sommairement le fonctionnement de son tas de ferraille à Jules.

Pourvu que Camille ne me voie pas passer là-dessus, pense celui-ci.

Cinq minutes plus tard, les deux garçons roulent en convoi sur la route des vignes, perchés tels Don Quichotte et Sancho Pança sur leurs montures, et bifurquent sur un petit chemin en direction des parcelles des Gruber.

Une heure et demie plus tard, Jules a déjà couvert un hectare. Il remarque que, depuis un petit moment, le tracteur de Rémi est immobile. Il finit le rang qu'il a commencé et rejoint son ami en bordure d'un champ de quetschiers. La camionnette de Denis est là aussi. Père et fils sont en train de «parler». Denis, qui a entendu Jules arriver, fait un signe du menton dans sa direction. Il arbore un large sourire qui laisse penser qu'il a une bonne nouvelle à annoncer. Jules tâtonne un instant avant d'arriver à couper le contact du moteur. Il comprend qu'il est tombé sur le bon bouton lorsque les vibrations infernales de la machine cessent. Rémi est descendu de son perchoir et vient vers lui :

«Mon père a été mis hors de cause.»

«Hors de cause?»

«Le capitaine Croville vient de l'appeler pour lui dire que l'enquête était finie.»

«Ils savent qui a fait le coup?»

Le père de Rémi s'avance à son tour et répond :

«L'autopsie n'a rien révélé. Aucune trace de lutte. Il y avait bien des résidus de peau sous les ongles du conducteur de la 206, ce qui avait alerté les gendarmes après les premières constatations du médecin légiste, mais les analyses ont montré que c'était en fait son propre ADN. Il avait dû se gratter ou quelque chose comme ça le jour même. Quant à la voiture, la police scientifique n'a rien découvert d'anormal.»

Jules, toujours assis sur son siège de plastique, les fesses en compote, finit par se lever tout en gardant un air soucieux :

«Et la tronçonneuse ?» demande-t-il.

«Ça tend à prouver que c'est lui qui a tronçonné les vignes, mais rien de plus.»

Jules demeure pensif.

«Tu en fais une tête ! Tu n'as pas l'air enchanté que mon père ait été innocenté», remarque Rémi.

«Bien sûr que si. C'est juste que je trouve ça bizarre : les terres spoliées aux Stahl, le type qui naît le même jour que celui où la fille Stahl meurt, dans la même ville... Il revient soixante et onze ans plus tard, il fait tout ce chemin depuis les Pyrénées, il meurt dans un accident de voiture, on retrouve dans son coffre une tronçonneuse dont il s'est servi pour couper les vignes qui autrefois ont appartenu aux Stahl, on découvre un pendentif autour de son cou qui représente les armoiries de la famille qui s'est emparée de ces mêmes vignes à la Libération tandis que les Stahl étaient fusillés pour collaboration... Malgré tous ces éléments, les gendarmes déclarent que sa mort est accidentelle ?»

«Il y a ce que l'on pense et il y a les faits, précise Denis. Rien ne permet de remettre en cause la théorie de l'accident. Jacques Geiss et moi étions les deux suspects potentiels, mais ni lui ni moi n'avons tué cet homme. Franchement, ce qui compte pour moi, c'est qu'on me fiche la paix avec cette histoire. Je ne suis pas fâché que ce soit terminé.»

«Je comprends, mais...»

«Mais quoi? Pourquoi chercher midi à quatorze heures? On a assez perdu de temps, remettons-nous au travail.»

Denis retourne à sa voiture; il vient de donner un ordre et Jules sent bien qu'il ne faut pas discuter plus longtemps. Rémi et lui remontent sur leurs tracteurs et chacun repart dans la parcelle qu'il était en train de tondre. Jules s'exécute, cependant il sait pertinemment que les gendarmes ont tort. Il ne pourrait pas dire pourquoi ni comment trouver la pièce manquante, mais quelque chose leur a échappé. Tant de coïncidences ne peuvent être le fait du hasard; il y a forcément une explication à la présence de ce monsieur Liais à Nerhussen. Il avait un but en venant ici. Sa présence dérangeait et on s'est débarrassé de lui. Si Rémi semble décidé à laisser tomber comme le lui demande son père, Jules, quant à lui, est résolu à éclaircir ce mystère. Il n'a aucune idée de la manière dont il devra s'y prendre, mais il n'est pas question qu'il baisse les bras si facilement.

14

Le soir même, alors qu'il est en train d'aider Denis à nettoyer et à ranger le matériel qu'ils ont utilisé, Jules revient à l'attaque. Cette fois, Denis lui parle plus sèchement et lui conseille de se faire une raison, de tourner la page. Il lui répète que l'enquête est close et que le dossier a été transféré au procureur des Hautes-Pyrénées. Une fois que la mairie de Tarbes aura mis la main sur les parents éventuels d'Étienne Liais, un permis d'inhumer sera délivré. Un notaire commis d'office procédera alors à la liquidation des biens du défunt. En attendant, le cadavre de monsieur Liais gît dans un des tiroirs de la morgue de Colmar, à moins dix-neuf degrés, jusqu'à ce que la procédure aille à son terme. Cela peut durer des années si la mairie de Tarbes prend son temps ou peine à trouver les informations.

Mais pour Jules, l'idée d'abandonner est insupportable. Il y a dans cette affaire une terrible injustice, il en est convaincu. Une douleur, une souffrance qu'Étienne Liais était venu soigner ici, dans ce village d'Alsace où tout le monde sait et se tait, où les placards sont comme des boîtes de Pandore que l'on n'aime pas ouvrir... Cette plaie est restée béante. Avec le «mort de la route des Trois Tours», on n'est pas passé loin de la vérité! Jules le sent, tout comme il sent que le désir de Denis de tourner la page n'est pas seulement motivé par le soulagement d'avoir été mis hors de cause. Tout a commencé pendant l'Occupation: un secret s'est scellé à cette époque, un immense mensonge sur lequel le village s'est refermé. Un drame dans lequel les Stahl ont joué le rôle principal. Étienne Liais a-t-il tenté de faire éclater la vérité au grand jour? A-t-il échoué en le payant de sa vie?

Jules voudrait en parler à Rémi mais son ami est comme son père, il a décidé de tourner cette page trouble de l'histoire. Maintenant que la vie du village a repris son cours et que la réputation des Gruber ne peut plus être entachée, il ne se préoccupe plus du mort de la route des Trois Tours. Tout ce qui l'intéresse, c'est de travailler dans les vignes.

Quant à ses parents, ils craignent tant pour sa santé physique et morale que, s'il leur faisait part de ses projets de poursuivre l'enquête, ils écourteraient leurs vacances et rentreraient *illico presto* à Toulouse. Il y a bien Jeanne à qui il pourrait se confier, mais ses journées sont trop remplies avec les jumelles pour qu'elle se soucie des états d'âme de son frère. Elle passe son temps chez Chloé et Amandine, et se sent davantage concernée par les soldes d'été qu'elles ont prévu de faire que par cet accident et cette enquête. Comment lui en vouloir? Avec l'année que les Lascaud viennent de passer, Jeanne a eu sa dose de «lourd»; elle mérite de souffler et de s'occuper d'elle et un peu moins de lui. Elle s'est montrée très forte pendant son hospitalisation l'an dernier, très forte aussi pour supporter les remarques désagréables de ses amis qui se détournaient d'elle parce qu'ils ont cru un moment que son frère était au cœur d'un trafic de drogue, très forte toujours quand l'énergie de ses parents était exclusivement consacrée à Jules qui avait besoin de toute leur attention. Alors oui, Jeanne a droit à un peu de légèreté.

Ce matin, Jules n'a pas envie d'aider Rémi et Denis. Il descend les prévenir qu'ils ne devront pas compter sur lui aujourd'hui. Rémi s'en étonne et essaie de le convaincre de rester: les hommes du village montent l'estrade qui servira de scène pendant la fête dont le lancement aura lieu demain, ainsi que la buvette et les différents stands. Les vignerons fournissent du vin en vrac, les femmes font des flammekueches qu'elles vendront au profit du comité des fêtes. L'ambiance est toujours bonne, il ne faut pas rater ça. Mais Jules ne fléchit pas. Il invente un prétexte : ses parents ont souhaité qu'il passe la journée avec eux, il n'a pas pu refuser. Il retourne préparer son petit déjeuner qu'il apporte sur la terrasse. Quelques minutes plus tard, Camille apparaît en short et tee-shirt moulant, cheveux mouillés de la douche. Elle lui sourit et lui demande si elle peut s'installer à côté de lui. Jules lâche la tartine qu'il tenait et signe grossièrement « Bien sûr » alors que Camille est déjà assise. Elle dégage une odeur d'amandes douces qu'il perçoit au moment où sa tête frôle la sienne. Il est certain d'être rouge jusqu'aux oreilles et il espère que les lunettes noires qu'elle porte empêchent Camille de s'en rendre compte.

« Qu'est-ce que tu vas faire aujourd'hui ? » demande-t-elle après avoir reposé sa tasse sur sa soucoupe.

« Je ne sais pas. Je n'ai pas tellement envie de travailler au chai ou dans les vignes. »

« Tu as raison. Ce ne sont pas des vacances ! »

« J'ai un peu menti à ton frère. J'ai inventé un prétexte bidon pour ne pas l'accompagner. »

« Ne t'embête pas ! Tu es libre, rien ne t'oblige à y aller tous les jours. »

« Et toi, qu'est-ce que tu vas faire ? »

« Je vais aller réviser à la médiathèque. »

« Il y a une médiathèque à Nerhussen ? »

Camille s'esclaffe :

« Non, tu penses ! La médiathèque se trouve à Colmar. Je n'arrive pas à me concentrer ici. »

« Oui. J'avais remarqué », fait-il avec une moue ironique.

« Dis donc ! »

Camille feint d'être outrée. Ils se regardent un instant, soudain très complices, puis éclatent de rire.

« Ça se voit tant que ça ? »

« Que tu ne fais rien ? Non, je te rassure, ça ne se voit que si on t'observe attentivement. »

« Et toi, tu m'observes attentivement. »

Elle a signé cette dernière remarque en prenant un air malicieux. Ce n'était ni une question ni un reproche… La simple affirmation d'une évidence. À nouveau, Jules se sent envahi par une chaleur qui n'a rien à voir avec le soleil qui monte dans le ciel au-dessus de leurs têtes. Il perd ses moyens, et Camille s'en amuse gentiment. Mais cette fois, il ne veut pas apparaître sous les traits d'un petit garçon timide et facilement désarçonné. Il décide de se reprendre et de ne pas laisser filer une occasion de séduire Camille :

« Ça ne te dérange pas si je t'accompagne ? »

« À la médiathèque ? »

« Oui. »

« Tu vas t'ennuyer. »

« J'ai des recherches à faire. Et puis, on sera ensemble. »

« Des recherches sur quoi ? »

« Sur les malgré-nous, l'Alsace sous l'Occupation, des trucs comme ça. »

Camille se montre sceptique :

« Quelle drôle d'idée ! Pourquoi t'intéresses-tu à ça ? »

« Pour rien. »

Elle le dévisage avec une mine suspicieuse. Jules comprend qu'elle n'est pas disposée à le laisser s'en sortir à si bon compte.

« Il y a certaines choses dont Charala nous a parlé et que je voudrais vérifier », précise-t-il.

« C'est en rapport avec le mort de la route des Trois Tours ? »

« Je ne sais pas encore. Peut-être. »

« Je croyais le dossier classé. »

« Il l'est, mais... je veux juste me documenter. Tu n'es pas d'accord pour que je vienne avec toi ? »

« Si, bien sûr. »

« On part quand ? »

« Ça ouvre à dix heures. On peut y aller vers moins le quart. Tu n'auras qu'à prendre le casque de mon frère. Tu as déjà fait du scooter ? »

Jules a un souvenir douloureux de la dernière fois où il s'est retrouvé à l'arrière d'un deux-roues. C'était avec son meilleur ami de l'époque, quelques heures seulement avant de tomber dans le coma et de perdre définitivement l'ouïe. Comment oublier ? Depuis, il n'est plus jamais monté sur le moindre engin, en dehors de la tondeuse autoportée d'hier.

«Oui», répond-il pour finir.

Il s'imagine déjà derrière Camille, les mains posées sur ses hanches pour ne pas basculer en arrière, les cheveux blonds de la jeune fille flottant au vent et fouettant son visage.

15

Camille pilote son engin sans ménagement pour son passager. Surpris par son démarrage sur les chapeaux de roue, Jules s'est agrippé à sa taille pour ne pas perdre l'équilibre mais n'a pas osé rester enlacé à elle pendant le reste du trajet. Il s'est contenté des poignées prévues à cet effet.

L'équipage dévale la colline à toute allure, et les quelques kilomètres qui séparent Nerhussen de Colmar sont parcourus en un temps record. Jules s'est promis de ne plus oraliser devant Camille, aussi se retient-il de lui crier de ralentir. Il voudrait le lui signer mais à aucun moment elle ne lui laisse la possibilité de lâcher prise. Il subit cette épreuve sans rien dire, persuadé que la jeune fille teste son courage et son stoïcisme.

Une fois son scooter garé devant la médiathèque, Camille pousse la grande porte vitrée tout en se recoiffant. D'un pas assuré, elle se dirige vers la salle de travail où elle étale ses affaires sur une table. Jules la laisse et s'assied devant l'un des ordinateurs pour interroger la base de données de la médiathèque. Il entre les mots-clefs *Occupation*; *Alsace*; *malgré-nous* et découvre une quarantaine de titres indexés. Tous les ouvrages indiqués sont rangés dans le rayon *Alsatiques*, dédié à l'histoire et au patrimoine régionaux. Il prend son courage à deux mains et s'y plonge, survolant les index et les têtes de chapitre. Il y a de nombreux récits et témoignages personnels. On y parle de l'annexion et de la violence avec laquelle les nazis ont traité les Alsaciens qu'ils considéraient comme des sous-Allemands, des enrôlements de force, des expulsions en direction de la France, des expropriations et déplacements de populations... Plusieurs ouvrages sont consacrés aux malgré-nous et à leur combat pour l'accession au statut d'ancien combattant. Il est aussi question de la résistance dans le massif des Vosges qui a payé un lourd tribut, de la Libération et de la poche de Colmar qui a été si difficile à reprendre à la Wehrmacht. On voit des cartes des différents bastions défendus par les Allemands, sur lesquelles sont indiqués les mouvements des troupes alliées.

Jules feuillette les volumes, se limitant à lire les résumés, s'arrêtant, fasciné, sur les photos; celles de la

Libération surtout, des GI progressant dans une gadoue faite de neige et de boue, et de l'épuration qui a suivi : ces femmes tondues sur la place publique sous une pluie de crachats et de coups de poing. Mais il ne trouve rien sur les actes de collaboration pendant l'Occupation ni sur les tribunaux de la Résistance à la fin de la guerre. Les noms de Nerhussen, Geiss ou encore Stahl ne sont mentionnés nulle part.

Il jette un coup d'œil à Camille de temps en temps. Elle lui sourit quand leurs regards se croisent, puis se remet au travail, plus assidue qu'il ne l'aurait cru. Il replonge alors à son tour dans les rayonnages. Il continue ainsi ses recherches jusqu'à ce qu'il tombe sur une compilation des unes du journal *Dernières Nouvelles d'Alsace* depuis sa création en 1877 jusqu'à nos jours. Les fac-similés de plusieurs milliers de premières pages sont rassemblés en trois énormes volumes reliés. Jules n'avait pas pensé à ça ! Si un jugement a été rendu, à l'issue duquel une famille entière a été exécutée, l'événement a forcément fait grand bruit et aura été couvert par la presse locale. En allant consulter les archives des *DNA*, il pourra suivre le procès jour après jour et lire le récit de la condamnation des Stahl.

Il se dirige vers la banque de prêt où une bibliothécaire le renseignera. En arrivant au comptoir, il a un instant d'hésitation : parler ou ne pas parler ? Il se retourne vers Camille, toujours absorbée dans ses révisions. À cette distance, elle ne l'entendrait pas, mais il doit tenir parole. Il se pose donc devant la bibliothécaire, la regarde droit dans les yeux et signe « Bonjour ». À son immense surprise, la bibliothécaire lui sourit et lui retourne son salut en langue des signes. Jules est pris de court.

« Vous savez signer ? »

La jeune femme agite les mains en l'air et fait non de la tête. Elle prend l'un des stylos à la disposition du public sur le comptoir, une fiche sur laquelle les usagers notent leurs commandes, et écrit en gros sur la partie vierge :

– *Je ne sais pas signer. Je sais juste dire bonjour. Qu'est-ce que je peux faire pour vous ?*

Jules lui explique qu'il cherche à se documenter sur les procès en Alsace à la Libération, sans mentionner le véritable but de ses recherches.

– *Gardez-vous les journaux quotidiens, ici, à la bibliothèque ? Les* DNA *par exemple ?* écrit-il.

– *Depuis la Seconde Guerre mondiale ? Non ! Nous ne les gardons que trois ans.*

Devant la mine déçue de Jules, la bibliothécaire s'empresse de compléter :

– *Tu peux consulter les archives des* DNA. *Eux gardent un exemplaire de tous les numéros et les stockent sur microfiches, ou les scannent aujourd'hui.*

– *C'est où, les* DNA *?*

L'employée, soucieuse d'être serviable envers un jeune sourd-muet, fait le tour du comptoir, saisit un plan de la ville sur l'un des présentoirs à disposition du public, retourne à sa place et, après avoir entouré la bibliothèque d'un coup de Stabilo, trace le parcours que Jules devra suivre jusqu'à la place Rapp où se trouve le siège social du quotidien. Puis, toujours aussi aimable, elle lui propose d'appeler le documentaliste des *DNA*, qu'elle connaît, pour faciliter ses démarches. Jules accepte et la remercie en lui faisant un large sourire.

Il se dépêche d'expliquer à Camille où il va et pour combien de temps il en a. Celle-ci se montre surprise et lui demande ce qu'il compte trouver dans des articles vieux de soixante-dix ans. Jules reste évasif :

« Rien de précis. L'histoire m'intéresse, cette période en particulier, c'est tout. »

Camille n'en croit rien mais elle a d'autres préoccupations. Elle hausse les épaules et retourne au cours de « biologie fonctionnelle » qu'elle essaie de comprendre pour son concours d'entrée à l'école d'infirmières.

Grâce au coup de fil de la bibliothécaire, Jules est accueilli comme un invité d'honneur par la réceptionniste du journal alsacien. À peine passe-t-il les portes coulissantes du hall d'entrée qu'elle épingle un badge de visiteur à son tee-shirt et le dirige vers l'ascenseur. Au premier sous-sol, elle le confie à l'archiviste, un homme en bras de chemise avec deux énormes auréoles de sueur sous les aisselles. Il faut dire qu'il fait très chaud dans l'immense espace au plafond bas. L'homme s'appelle Schwartz, à en croire son badge, et son visage est aussi blanchâtre que la lumière que dégagent les néons. Il a préparé un paquet de Post-it. Sur le premier, il a déjà écrit des mots d'excuse pour la climatisation en panne. Une fois que Jules en a pris connaissance, il l'arrache et remplit le deuxième à la hâte :

– *Quelles dates voulez-vous consulter ?*

– *1942.*

– *Ce sera en allemand alors.*

Jules hésite :

– *En allemand ? Pourquoi ?*

– *L'Alsace était occupée à cette époque, annexée. Le journal était tenu par les nazis. Ils l'avaient même rebaptisé « Strassburger Neueste Nachrichten ».*

Jules n'avait pas pensé à cela. Mais, après réflexion, il se dit que ça ne posera pas de problème. Ayant étudié l'allemand LV2 jusqu'à l'an dernier, son petit niveau devrait suffire pour comprendre les titres et lire les articles en diagonale.

– *Quels jours en 1942 ?* demande le documentaliste.

– *Toute l'année.*

– *Toute l'année ? Vous en avez pour des heures. Qu'est-ce que vous cherchez en particulier ?*

– *Je ne sais pas.*

Jules se rend compte, en même temps qu'il le met par écrit, que c'est exactement cela : il ne sait pas ce qu'il cherche ! 1942 est l'année où Joséphine Stahl est morte dans les Hautes-Pyrénées. C'est aussi l'année de naissance d'Étienne Liais, décédé récemment sur une route départementale à quelques kilomètres de là. Jules décide de resserrer ses recherches sur cette fameuse date commune de décès de Joséphine Stahl et de naissance d'Étienne Liais.

– *Le 3 août 1942 et les jours qui ont suivi. Je voudrais aussi regarder les mois qui ont précédé et suivi le 14 janvier 1946.*

– *Là, pour le coup, ce sera en français. Quel événement en particulier cherchez-vous ?*

– *Le procès pour collaboration de la famille Stahl, exécutée ce jour-là.*

Le documentaliste frappe son bureau, l'air de dire « C'est parti », et abandonne Jules.

Quelques minutes plus tard, il est de retour avec une boîte métallique remplie de films d'un vert foncé transparent. Il entraîne Jules dans un recoin de la salle de consultation et l'installe à un poste de travail sur lequel trône une énorme visionneuse, sorte de vieil agrandisseur photographique auquel on aurait couplé l'appareil d'un ophtalmologiste. Il se met à lui en expliquer le fonctionnement à grand renfort de mimiques et de gestes explicites. Après quelques essais, Jules comprend que les commandes et la lecture sont inversées – quand on pousse le film vers la droite, le texte avance vers la gauche –, et que le tout est de ne pas faire défiler les articles trop rapidement. Enfin, il se lance.

À partir du 3 août 1942, il lit tous les titres. Évidemment, il n'est question que de combats, d'avancées des troupes hitlériennes, de travail obligatoire et de mobilisation pour contribuer aux efforts de guerre du grand Reich. Les colonnes restantes sont consacrées à des annonces de distribution gratuite de lait pour les enfants en bas âge, de pain pour les pauvres, etc. Tous ces bienfaits sont bien sûr mis au compte de l'administration de *notre vénérable Führer*. La lecture de Jules est approximative mais il comprend que la censure laisse très peu de place à autre chose qu'à la propagande. Il en apprend peu sur la vie dans les villages autour de Colmar. Il en est au sixième jour après le lundi 3 août lorsqu'il découvre deux rubriques qu'il n'avait pas vues auparavant, peut-être parce qu'elles ne figuraient que dans l'édition du dimanche : celles des naissances et des décès. Il les parcourt rapidement, ne s'arrêtant que sur les noms qui lui sont familiers, quand un en particulier lui saute aux yeux : *M. et Mme François Geiss sont heureux de faire part de la naissance de leur fils Jacques, le 3 août 1942, à Mulhouse. Il sera baptisé dimanche prochain 16 août en l'église de Nerhussen.*

Jules met un moment à réaliser qu'il s'agit du même jour que celui de la naissance d'Étienne Liais, le mort de la route des Trois Tours ! Il lève le nez du petit écran lumineux et se frotte les yeux. Que doit-il comprendre ? Jacques Geiss et Étienne Liais partageaient la même date de naissance, et cette date correspond au jour de la mort de Joséphine Stahl. Qu'est-ce que ce nouvel élément peut signifier ? Il semble que plus il avance dans son enquête, plus le mystère s'épaissit.

Il décide de ne pas se poser davantage de questions pour l'instant et de continuer à interroger les microfilms. Il passe au mois d'avril 1945, quelques jours seulement après la libération de Colmar. Cette fois, le ton n'est plus le même. Tout d'abord, le journal est à nouveau publié en français, ensuite les articles célèbrent de façon enthousiaste la victoire alliée. Dans chaque village, tous les jours, ont lieu des réjouissances en l'honneur de la liberté retrouvée. Les vendanges d'automne 1945 s'annoncent belles et joyeuses. On manque de tout – beurre, sucre, huile et farine –, mais le millésime sera exceptionnel. Cependant, tout n'est pas rose. Au milieu de la liesse générale, on commence à régler leur sort aux collaborateurs. Certains articles évoquent la justice populaire ou la colère légitime, pour ne pas parler de lynchages hâtifs. Resurgissent à l'esprit de Jules les images de documentaires vus avec ses parents sur cette période où les lâches – qui n'étaient pas tous résistants, loin s'en faut – pouvaient enfin exorciser la peur qu'ils n'avaient pas su transformer en courage pendant l'Occupation, ou plus pragmatiquement solder un vieux litige en dénonçant sans preuves un voisin ou un lointain cousin. Les autorités gaullistes, conscientes que cette chasse aux sorcières risquait d'aboutir au chaos, mirent sur pied les premiers tribunaux de la Résistance dans les grandes villes de la région, à l'instar de ce qui s'était fait dans le reste du pays au fur et à mesure qu'il était libéré. Celui de Colmar était présidé par... Jules s'y reprend à deux fois pour lire le nom : François Geiss, maire de Nerhussen, chef du réseau « Pierre » opérant dans le sud du département. Jules n'en revient pas. Non seulement François Geiss a fait condamner les Stahl en 1946, mais une fois reconnus coupables et exécutés, leurs biens – et notamment leurs vignes – ont été vendus aux enchères et acquis par François Geiss lui-même !

Jules réfléchit, et une conclusion s'impose : la vérité n'était peut-être pas là où on l'a cru. Et si les Stahl avaient été incriminés à tort, traînés injustement dans la boue puis éliminés sur de fausses présomptions ! À qui a profité le crime ? À François Geiss. Mais pour quelle raison ? Pour quelques hectares de vigne ? Jules a du mal à s'en convaincre. Les Geiss étaient déjà riches et puissants... Ils n'auraient pas exterminé toute une famille uniquement par besoin d'expansion. Il doit y avoir une autre motivation. Laquelle ? On ne le saura peut-être jamais, mais une chose est certaine : Étienne Liais n'est pas étranger à tout cela. Il constitue même le dernier épisode d'une tragédie qui a couru sur trois quarts de siècle.

Entre les mois de septembre et de décembre, Jules tombe sur une vingtaine d'articles faisant mention du tribunal de la Résistance de Colmar. La façon dont sont relatés les faits montre qu'il n'y avait pas de présomption d'innocence. Les noms des suspects étaient donnés à la vindicte populaire, et leur sort réglé avant le procès. On les traitait de « collabos » ou de « traîtres », et l'issue du procès ne faisait guère de doute. Janvier, le nom des Stahl apparaît enfin. Jules a la confirmation que François Geiss présidait l'unique séance au cours de laquelle ils furent entendus. Le journaliste de l'époque relatait ironiquement que la seule défense de Léon Stahl, le chef de famille, consista à attaquer le président du tribunal, un homme au-dessus de tout soupçon, en essayant de mettre en doute ses bonnes mœurs et l'origine de sa fortune. Le journaliste balayait les arguments misérables du « sale collabo » et concluait laconiquement par l'annonce de l'exécution publique de cette famille de traîtres dans la cour du 152e régiment d'infanterie le surlendemain matin, le 14 janvier 1946.

Jules se redresse d'un bond, ce qui fait probablement crisser sa chaise car le documentaliste, qui s'était assoupi devant son écran, sursaute à son tour. Jules se rue vers lui et arrache un Post-it :

– Je voudrais emporter ces microfilms, c'est possible ?

– Non. Mais je peux vous les imprimer.

– Ils seront lisibles ?

– Bien sûr. Je les agrandis et je vous les sors en A4.

Jules acquiesce de la tête. Encore quelques secondes, le temps que la photocopieuse préchauffe – comble de l'ironie dans un sous-sol qui atteint déjà les quarante degrés ! –, et il repart avec les précieux documents sous le bras, non sans avoir remercié plusieurs fois l'archiviste en sueur.

Jules court jusqu'à la médiathèque où il se jette sur Camille pour l'obliger à plier ses affaires et l'emmener à la gendarmerie de Wintzenheim.

« Pourquoi ? »

« Il faut absolument que je parle au capitaine Croville. »

« Pour quelle raison ? »

« Je te dirai quand on sera là-bas. »

« Non, je refuse de t'y conduire tant que tu ne me dis pas pourquoi. »

Jules surprend le regard inquiet de la bibliothécaire. Même s'ils ne font pas de bruit en signant, Camille et lui ne sont pas discrets ; son entrée en trombe dans la salle de travail a provoqué un léger affolement parmi les lecteurs, surtout quand ils l'ont vu foncer vers la table de Camille en faisant des signes incompréhensibles. Il s'assied donc, reprend son souffle et se met à expliquer calmement à Camille ce qu'il vient de découvrir.

Quelques minutes plus tard, bien qu'il soit largement l'heure de déjeuner, le scooter démarre en direction non pas de Nerhussen, où Camille et Jules sont attendus par leurs parents pour le repas, mais de Wintzenheim.

16

La conversation se déroule en deux temps, au rythme de Camille qui traduit au fur et à mesure les propos de Jules et du capitaine. Celui-ci a non seulement accepté de les recevoir sans rendez-vous, mais il les a écoutés attentivement en complétant les notes du dossier ouvert quelques jours plus tôt lors de la visite que Jules, Rémi et son père lui avaient rendue. Le capitaine lui pose un tas de questions auxquelles Jules n'a pas forcément les réponses, mais le jeune homme a l'impression que ce qu'il apporte aujourd'hui constitue autant d'éléments tangibles confirmant une intuition que le gendarme avait lui aussi. Jules se sent utile.

Après un long moment de réflexion, le capitaine Croville referme le dossier et se lève. En même temps qu'il parle, Camille signe :

– Vous allez rentrer chez vous. Je parlerai à ton père, Camille. Mais pour l'instant, pas un mot de tout cela à quiconque. Vous risqueriez de... Je préfère vérifier certaines choses avant qu'on apprenne ce que vous avez découvert. Je vous tiens au courant.

Jules est surpris de voir le capitaine lui tendre la main et le féliciter pour son esprit d'initiative.

– Merci pour ta collaboration. J'aimerais que tous les citoyens agissent de la sorte. Si un jour tu souhaites devenir enquêteur, tu as de l'avenir dans la gendarmerie !

Jules sourit en rougissant. Il se dit que si le capitaine savait qu'il est devenu sourd après avoir consommé de l'ecstasy, il ne lui ferait pas tant de compliments.

Les deux jeunes gens se dépêchent de rentrer à Nerhussen, inquiets de l'accueil qui leur sera réservé. Mais ils ont tort de s'en faire car tout le monde est tellement occupé par l'organisation de la fête qu'on ne remarque pas leur retard. Denis est mobilisé, ainsi que son épouse Karine qui participe à la confection des flammekueches. Rémi aide les enfants du village à rassembler du bois pour le grand feu du samedi soir. Personne n'est vraiment passé à table au moment du déjeuner. Monsieur et madame Lascaud paraissent même surpris de revoir Jules qu'ils croyaient parti avec Rémi. Il faut dire qu'il ne reste plus qu'un jour avant les premières réjouissances, tout le village est en effervescence, plus rien d'autre ne compte.

«Nous avons fini de manger. Il y a des restes si vous voulez grignoter», propose la mère de Jules.

Camille et lui prennent un déjeuner en tête à tête sur la terrasse, constitué de pizza réchauffée et de salade de tomates. Elle a remis ses lunettes de soleil, Jules admire ses épaules nues. Elle a dû sentir son regard posé sur elle car elle s'est tournée de trois quarts. Pour un peu, il jurerait qu'elle sourit. Ils ne se «disent» plus rien, le village s'agite pendant qu'ils prennent leur temps. Jules aimerait que le cours des choses s'arrête; il voudrait demeurer éternellement là, sur cette terrasse, avec Camille.

«Tu crois que le Français de l'intérieur a été tué?» finit-elle par demander.

«Je n'aime pas quand tu dis ça.»

«Ça quoi?»

«Le *Français de l'intérieur.*»

Camille fixe Jules. C'est la première fois qu'il se montre aussi déterminé; pas en colère mais ferme. Décidément, depuis ce matin, Jules lui a prouvé à plusieurs reprises qu'il n'est pas ce Français de l'intérieur qu'elle croyait trop jeune pour elle, un devenu sourd qui traîne avec son frère. Ce n'est pas pour lui déplaire.

Elle le considère derrière ses verres fumés, et Jules se demande ce qu'elle pense.

«Excuse-moi. Je ne voulais pas t'offenser», lâche-t-elle finalement.

Jules est surpris.

«Pas grave», fait-il.

«Si. Tu as raison, c'est stupide. Les Alsaciens se plaignent assez d'être l'objet de discrimination, ce n'est pas la peine d'en rajouter.»

Elle laisse passer un moment.

«Alors? Tu penses qu'il a été assassiné?»

Jules ménage le suspense avant de répondre. Jamais il ne s'est senti aussi sûr de lui.

«Oui», fait-il sobrement.

Camille continue à le dévisager. Comment peut-il être si affirmatif?

«Qui l'a tué, d'après toi?»

«Je ne sais pas, mais les Geiss sont forcément impliqués. J'espère que le capitaine Croville tiendra sa promesse et qu'il trouvera quelque chose.»

Un instant Camille envisage les conséquences de ce qu'il vient de dire. Jules n'a pas l'air de se rendre compte: c'est tout le village qui serait bouleversé si cela se révélait vrai. Depuis qu'elle est petite, elle vit dans cette idée que les Geiss sont intouchables, qu'ils ont tous pouvoirs sur la vie du village: ils sont maires de père en fils, conseillers généraux, présidents du comité interprofessionnel des vins d'Alsace, élus à la chambre d'agriculture, représentants des vignerons au syndicat des agriculteurs, ils possèdent la plus grosse exploitation viticole du département... Ils sont omnipotents et omniprésents. On le lui a assez répété: on ne peut rien faire sans l'accord des Geiss et on ne peut rien leur refuser. S'attaquer à eux, c'est faire jouer le pot de terre contre le pot de fer. Camille a peur de ce qui arriverait à son père si le capitaine Croville parvenait à prouver que les allégations de Jules sont fondées et si l'on apprenait que c'est lui qui en est à l'origine. « Le fils des Français de l'intérieur en vacances chez Denis Gruber ! » Elle entend déjà les potins ! Elle ne s'en ouvre pas à Jules mais, contrairement à lui, elle espère que le capitaine ne trouvera rien de probant et refermera définitivement le dossier.

Pour l'heure, elle a envie d'oublier cette affaire et de se laisser gagner à son tour par la fièvre qui semble avoir atteint tout le monde – eux mis à part pour l'instant – dans le village : celle de la fête votive dont les premières notes résonneront demain avec le bal d'ouverture.

« Tu serais d'accord pour m'accompagner au bal ? » lance-t-elle tout à trac.

Jules ne sait pas si elle se moque de lui ou si elle est sérieuse.

« Quoi ? »

« C'est une vieille tradition. Les filles doivent avoir un cavalier pour danser sur les premiers morceaux demain. Sinon, elles sont obligées d'attendre, et c'est la honte. »

« Et tu voudrais que je sois ton cavalier ? »

« Pourquoi pas ? »

«Mais enfin...»

«Quoi? Tu n'as pas envie?»

«Bien sûr que si, mais...»

«Eh bien?»

«Je te rappelle que je suis sourd, Camille!»

«Et alors?»

«Comment veux-tu que je danse?»

«Tu crois que les sourds ne peuvent pas danser?»

«Évidemment que nous ne pouvons pas!»

«Tu as tort. Tu verras, je t'apprendrai.»

«Franchement, tu as de ces idées!»

«Si tu n'es pas intéressé, je trouverai quelqu'un d'autre pour m'accompagner, signe-t-elle avec malice. J'en connais plus d'un qui serait ravi que je l'invite.»

Jules rougit jusqu'aux oreilles.

«Non, ce n'est pas ce que je voulais dire... Ça me fait plaisir mais c'est juste que... je...»

Jules imagine déjà le regard de tout le monde posé sur eux. Rémi, sa sœur, ses parents, les parents de Camille... Il dansait déjà comme une enclume lorsqu'il était entendant, comment ne serait-il pas ridicule demain? Cependant, en même temps qu'il se pose un tas de questions, il voit bien que Camille attend une attitude plus conquérante de sa part et que ses hésitations ne le font pas monter dans son estime. Il se reprend et met fin à ses tergiversations:

«OK, affirme-t-il. Je serai ton cavalier demain soir.»

« Parfait, fait-elle en bondissant de sa chaise. Je vais réviser maintenant, j'ai encore du travail. À plus tard. »

Elle le plante là. Jules n'a plus qu'à la regarder rentrer chez elle, se demandant si elle joue avec lui ou si son invitation est sincère. Elle monte se réfugier dans sa chambre, probablement pour fumer des cigarettes dans la pénombre de ses volets mi-fermés, « réviser » comme elle dit sans que personne ne sache exactement à quoi elle occupe son temps ni à quoi elle pense. À lui ? Au moment où il osera l'embrasser ? Ou va-t-elle tout simplement se laisser aller à rêver, étendue sur son lit ?

Quels peuvent être les rêves de Camille ? Jules se prend à imaginer des choses.

17

« Il suffit d'écouter les vibrations dans ta poitrine et de suivre mon rythme. »

Jules ferme les yeux pour mieux sentir le martèlement du batteur sur la grosse caisse et les « boum » graves de la guitare basse qui font trembler sa chair sous sa peau. Il se souvient de l'effet que cela lui a fait lors des deux ou trois concerts auxquels il a assisté avant de devenir sourd. Ses parents avaient exigé qu'il mette des bouchons dans les oreilles à chaque fois, mais il n'est pas possible d'empêcher les basses de traverser les vêtements, le derme et de secouer tout son squelette. Il les « entend » parfaitement maintenant, moins fort qu'en concert parce que ce n'est qu'un bal de village, mais très distinctement. En se rapprochant des enceintes, qu'il considère amèrement depuis qu'il est tombé dans le coma au pied d'un mur similaire et qu'il en est devenu sourd, il les capte encore mieux. Mais cela fait mal aux oreilles de Camille.

Elle danse à quelques dizaines de centimètres de lui, il ne la quitte pas des yeux, il suit ses déhanchements et bouge avec elle, dans le même rythme qu'elle.

« Ne cherche pas à me suivre, sinon tu seras toujours un peu en retard. Prends le tempo et compte les temps dans ta tête, puis balance-toi sur ce rythme-là. »

Après quelques essais, ils sont enfin synchrones. Ils dansent ensemble. Jules n'aurait jamais cru cela possible ! Il se sent bien. Camille est belle et elle a mis un parfum discret très agréable. Elle porte un tee-shirt pâle très décolleté, une simple jupe en jean et des sandalettes... Ses seuls artifices sont un peu de vernis sur les ongles de ses orteils et une chaînette en or autour de sa cheville. Elle s'est faite belle, et Jules a la certitude que c'est pour lui.

Il parvient même à fermer les yeux par moments et à se laisser guider par les battements dans sa poitrine. Il danse vraiment !

Contrairement à ce qu'il craignait, personne ne le regarde bizarrement. Ses parents sont à une table avec Denis et Karine sous un des chapiteaux. Ils discutent avec d'autres couples du village, des amis ou des cousins des Gruber. Ils ont décidé de ne pas s'occuper de lui. Il doit reconnaître qu'ils sont particulièrement détendus en ce moment, moins inquiets de ce qui pourrait lui arriver. À Toulouse, ils sont tellement protecteurs qu'il étouffe. Apparemment, ces vacances leur font du bien à eux aussi.

Jeanne est quelque part dans la fête, en train de courir derrière ou devant ses copines. Les sœurs jumelles et elle sont devenues inséparables, et quelque chose dit à Jules qu'elle aussi sera d'accord pour revenir en Alsace aux prochaines vacances.

Quant à Rémi... Jules le cherche des yeux. Il n'est pas parmi les danseurs. Cela ne l'étonne qu'à moitié. Il n'est pas non plus à l'un des stands où l'on peut mettre à l'épreuve son habileté. Il le repère enfin à la buvette, un verre à la main, ce qui ne le surprend guère. Il est en pleine «discussion» avec deux jeunes un peu plus âgés que lui. Eux aussi signent. Ce sont probablement des copains de son centre qui se sont invités. Jules est étonné que Rémi ne les lui ait pas encore présentés, lui qui parle tout le temps de son école pour sourds.

Tout à coup, sans qu'il s'y attende, Camille s'agrippe à son cou tout en se rapprochant de lui. Malgré lui, Jules a un mouvement de recul. Camille sourit et défait l'emprise de ses bras pour signer:

«C'est un slow. Tu es mon cavalier, je te rappelle. Tu es censé m'inviter pour cette danse, sauf si cela ne te plaît pas», fait-elle en haussant les épaules, l'air de dire «Tant pis, je trouverai quelqu'un d'autre».

En guise de réponse, Jules la saisit par la taille et l'entraîne tout contre lui. Camille pose sa joue sur son épaule et commence à se balancer doucement de droite à gauche. Jules enfouit sa tête dans sa chevelure et se laisse emporter par le lent tangage. Il sent l'odeur de sa peau mêlée à celle de son shampoing. Le fait qu'elle ait eu chaud en dansant et qu'elle ait transpiré la rend encore plus attirante. Elle dégage quelque chose d'animal ; Jules pense à un chat ou à une panthère... Il espère qu'on ne les observe pas en ce moment, sinon Rémi ne manquera pas de se moquer de lui demain matin. Il relève le menton pour voir ce que ce dernier fait. A-t-il les yeux fixés sur eux ? Affiche-t-il son sourire narquois habituel ? Non, il est toujours accoudé au comptoir de la buvette et les ignore totalement. Camille se méprend et interprète le fait qu'il se soit redressé comme une invitation. Elle le regarde tendrement et approche son visage plus près encore. Jules ne sait que faire, mais déjà Camille entrouvre les lèvres et les pose sur les siennes. Jules répond par un baiser timide et gauche. Il se trouve ridicule, elle va penser qu'il ne sait pas s'y prendre. Elle se fait plus entreprenante. Elle se presse contre sa poitrine, lui attrape la nuque et ne lui laisse pas d'autre choix que de glisser à son tour sa langue dans sa bouche. Jules est pris entre un sentiment de joie immense et d'effroi. Ils sont au beau milieu de la piste de danse... Qu'est-ce que tout le monde va dire ?

Elle a dix-huit ans, jamais il n'aurait cru pouvoir l'intéresser. En général, les filles trouvent les garçons de leur âge puérils... Avec deux ans de moins, il croyait n'avoir aucune chance ! Mais les caresses de Camille dans ses cheveux finissent par balayer ses craintes.

18

La soirée s'est déroulée au ralenti, dans une volupté cotonneuse. Le temps s'est figé, tout comme les gens autour d'eux. Ça a été pour Jules la plus belle nuit de sa vie. Plus rien ne comptait, il n'y avait que Camille et lui. Au début, ils ne se sont presque rien dit ; ils se sont seulement embrassés. Longuement. Et enlacés. Puis ils sont sortis du village. Ils se sont rendus à l'orée du bois qui descend dans la combe. Ils se sont assis sous un immense noyer à la croisée de deux chemins et ont admiré la plaine. Jules lui a dit qu'il avait déjà marché un soir seul sur cette route ; Camille lui a confié qu'elle aimait venir jusqu'ici pour méditer, s'évader quand la vie de famille lui pesait, ou pour oublier une dispute avec ses parents. Ils se sont promis que désormais cet endroit serait le leur.

Ils sont rentrés tard dans la nuit. Après une dernière étreinte, ils se sont séparés et chacun a regagné sa chambre. Jules s'est servi un verre de lait avant d'aller se coucher, et son père est venu le rejoindre dans la cuisine. Les yeux embués de sommeil, le cheveu hirsute, il a regardé l'heure et embrassé son fils en lui souriant. Jules a eu peur un instant d'avoir à s'expliquer, mais non... Son père s'est contenté de lui taper l'épaule gentiment en finissant son geste par une caresse dans le dos, puis il a fait signe qu'il retournait se coucher. Jules a fait «J'y vais moi aussi», et la porte de la cuisine s'est refermée derrière son père.

Ce matin, Jules ne sait à quoi il doit s'attendre de la part de Rémi : une suite incessante de questions gênantes, ou des remarques sarcastiques pendant toute la journée ?

Une fois sur la terrasse, alors qu'il est en train de s'étirer en regardant du côté des chambres des Gruber, il constate que les volets de Rémi sont toujours fermés. Ceux de Camille aussi. Il n'est pas surpris qu'elle dorme encore, la connaissant, mais Rémi est un lève-tôt, ce n'est pas dans ses habitudes. Peut-être est-il rentré encore plus tard qu'eux ?

Il se frotte les yeux et se laisse tomber sur la chaise longue. Bien qu'il n'ait rien mangé depuis hier midi en dehors des petits-fours après le discours inaugural du maire, il n'a pas très faim. Il devrait être le plus heureux des jeunes sourds, pourtant son humeur est maussade. Certes, il sort avec Camille, et il y a quelques jours encore il n'aurait osé y croire, mais ses sentiments sont mâtinés de mélancolie car son séjour en Alsace touche à sa fin. Camille dort et cela le met presque en colère. Le temps qu'ils ne passent pas ensemble est du temps perdu. Ils devraient profiter de chaque instant qui leur reste. Au lieu de cela, elle fait la grasse matinée! Et lui attend qu'elle daigne se réveiller.

Quelques minutes plus tard, Karine Gruber apparaît en haut de l'escalier et le rejoint sur la terrasse. La mère de Rémi et de Camille fronce les sourcils, l'air soucieux. Jules croit deviner ce qui la préoccupe, il se prépare à lui répondre qu'il aime sa fille et qu'il a les meilleures intentions vis-à-vis d'elle. Mais ce n'est pas du tout de Camille qu'elle veut parler:

«Tu étais avec Rémi hier soir?» signe-t-elle.

Jules est soulagé. Il n'aura pas à faire un aveu que sa pudeur rendait difficile; répondre à cette question est beaucoup plus simple.

«Quand?»

«Au bal, et après.»

«Non. J'étais... J'ai dansé. Pas lui.»

«Tu sais avec qui il était?»

«Je l'ai vu avec deux sourds. Il avait l'air de les connaître.»

«Comment sais-tu qu'ils étaient sourds?»

«Ils signaient.»

«...»

«Pourquoi? Qu'est-ce qui s'est passé?»

Madame Gruber ne répond pas. Pensive, elle se frotte la joue. Jules remarque qu'elle a les yeux gonflés, comme si elle avait pleuré.

«Il va bien?» demande-t-il, soudain inquiet.

«Oui. Il va bien, il dort maintenant.»

«Que lui est-il arrivé?»

«Ce sont les bénévoles du comité des fêtes qui l'ont ramené. Ils l'ont trouvé inanimé, baignant dans son vomi, sur un des bancs sous le chapiteau. Le docteur Villeval était chez nous hier soir, nous l'avions invité pour un dernier verre à la maison. Il l'a ausculté et, heureusement, il était hors de danger, mais il n'est pas passé loin du coma éthylique.»

Coma! L'espace d'une seconde, Jules revoit son réveil à l'hôpital Purpan il y a neuf mois: les vertiges, l'incompréhension, la souffrance et l'incrédulité.

«Je ne le comprends pas, finit-elle par admettre. Pourtant, en tant que fils de viticulteur, il devrait connaître la différence entre déguster et se saouler. Ce n'est pas faute de l'avoir éduqué à cela et de lui avoir appris les limites à respecter.»

Jules ne sait comment réagir. Que dire de plus? S'il ne peut que réprouver le comportement de Rémi, il reste son ami et il ne veut rien ajouter qui puisse l'accabler. Karine Gruber finit par se lever et remonter chez elle.

La journée s'écoule dans une ambiance étrange. L'état de Rémi ne lui permet pas de quitter sa chambre. Un énorme mal de crâne et des nausées incontrôlables, conséquences de ses excès de la veille, le maintiennent alité.

Camille et Jules passent le plus clair de la matinée et de l'après-midi ensemble. Ils ont prévu de retourner à la fête le soir et Jules se réjouit déjà à l'idée de reprendre leurs longs baisers sous leur noyer. Il se demande si Camille y pense aussi. À tout moment, il s'attend à ce qu'elle lui dise que sortir ensemble était une erreur ; il craint de lui sembler trop jeune tout à coup, ou trop pressant ; qu'une bande de copains de son lycée débarque et l'entraîne loin de lui. Comme s'il ne méritait pas ce qui lui arrive, comme si Camille était trop belle pour lui. Il chasse ses pensées en lui prenant la main et en lui proposant d'aller à Colmar boire un verre, traîner dans les ruelles… N'importe quoi pour être seul avec elle. Camille accepte en le taquinant :

« Tu es volontaire pour remonter à l'arrière de mon scooter ? Bravo ! Tous les garçons n'ont pas eu ce courage deux fois ! »

Une pointe de jalousie vient mordre Jules alors qu'il pense à «tous les garçons» qui se sont agrippés à elle. Il n'en laisse rien paraître cependant et préfère continuer sur le même ton:

«C'est l'amour qui me donne la force de lutter contre la peur.»

Il a signé cela sur le ton de la plaisanterie, en espérant que Camille relèverait la déclaration en demi-teinte. Elle n'en fait rien, et Jules en est pour ses frais s'il pensait qu'elle répondrait en lâchant un indice sur ses sentiments pour lui.

Main dans la main, ils ponctuent leurs déambulations dans la vieille ville par des baisers de plus en plus coquins. Ils visitent la Petite Venise, flânent le long des canaux fleuris, s'attardent sur les enseignes en fer forgé et les murs à colombages... Camille avoue qu'elle n'avait jamais trouvé sa ville natale aussi belle. Les gens se retournent sur eux pour détailler ce couple de «sourds-muets» – pourtant si jeunes, si beaux – qui font de tels mouvements avec leurs bras et leurs mains. Jules remarque les regards qu'on leur jette: c'est tout juste si on ne leur reproche pas leur manque de discrétion ou d'en faire un peu trop. Mais aujourd'hui, il se fiche pas mal de ce que les entendants pensent de lui. Il est avec Camille, il est heureux, il ne songe même plus à la fin de son séjour en Alsace, si proche maintenant.

En fin d'après-midi, ils envoient un texto à leurs parents respectifs pour les prévenir qu'ils ne dîneront pas en famille mais se rendront directement à la fête où ils achèteront de quoi grignoter. C'est le père de Jules qui répond pour les Lascaud et les Gruber : tous les quatre sont en train de prendre l'apéritif sur la terrasse, entre adultes. Camille et Jules se disent qu'ils sont mieux ici que là-bas ; ils imaginent la teneur des conversations : Rémi, l'alcool, Jules, l'ecstasy, les jeunes, les pratiques à risque, l'éducation, l'adolescence, trouver ses limites, transgresser les règles, « Et pourtant on fait tout pour eux », « Ils ne se rendent pas compte », « On ne sait plus comment s'y prendre »...

Camille et Jules traînent en ville encore un moment, peu décidés à replonger dans le bain de Nerhussen. Après avoir pris un coca sur la place du Koïfhus, ils montent sur l'engin de Camille qui a eu l'idée, pour retarder encore un peu l'heure du retour, de montrer à Jules tous les endroits qu'elle fréquente régulièrement : le lycée où elle a passé le baccalauréat il y a quelques semaines, la piscine où elle va de temps en temps pour se détendre – surtout l'hiver car il y a moins de monde –, la médiathèque qu'il connaît déjà, la salle multisports où elle fait de la danse jazz, et l'antenne colmarienne de l'école d'infirmières de Mulhouse qu'elle fréquentera si elle réussit son concours d'entrée.

« Comme ça, tu sauras où je suis quand je te raconterai ce que je fais. »

Jules ne réagit pas mais il rougit de plaisir car elle vient de lui signifier qu'ils resteront en contact pendant l'année ! Ce ne serait donc pas qu'une amourette de vacances pour elle. Elle a senti son émotion et lui saisit la main, avant de déposer un baiser tendre sur sa joue qui l'émeut davantage qu'une de leurs longues étreintes passionnées.

Quand ils arrivent à la fête, le bal vient à peine de commencer. Le soleil est enfin tombé derrière les Vosges. La place du village, gardée par la statuette de Saint-Pancrace trônant en haut d'une colonne qui surplombe la fontaine, est encore illuminée par un ciel bleu marine. L'eau qui coule directement de la montagne maintient au frais les bouteilles de vin blanc que l'on a stockées dans le bassin central et qui seront ouvertes au cours de la soirée. Camille explique que la tradition voulait que l'on verse le vin dans la fontaine. Les villageois remplissaient leurs verres directement dedans, à volonté. Le vin est devenu trop cher pour cela ; les gens boivent moins qu'autrefois de toute façon... À quelques exceptions près, se dit Jules en pensant à Rémi.

Au fur et à mesure que les gens affluent, ce qui n'avait été qu'une impression se confirme : personne ne vient les saluer... Ni les filles que Camille fréquente ni les quelques personnes que Rémi a présentées à Jules. Il reconnaît certains pompiers, mais ceux-ci évitent son regard. Jules se demande si une telle attitude s'explique par ce qui est arrivé à Rémi. Est-ce qu'ils pensent qu'il a une quelconque responsabilité dans le fait qu'il se soit saoulé de la sorte? Ils ont pourtant bien vu que Rémi discutait avec ces deux garçons... Le confondent-ils avec l'un d'entre eux? C'est impossible. Physiquement, ils n'avaient rien de commun avec lui. Et puis tout le monde a pu constater qu'il dansait avec Camille lorsque Rémi était au bar. Décidément, ce qui se passe ce soir lui échappe. Rapidement, ils se retrouvent seuls sur la piste de danse. Camille aussi a perçu quelque chose. Elle regarde Jules et hausse les épaules, l'air de dire qu'elle ignore également ce dont il retourne. Des groupes se sont constitués autour de la buvette et sous les arbres, on parle, on échange des confidences, on les regarde de travers.

N'y tenant plus, Camille décide d'aller voir ses amies. Elle les rejoint et s'impose dans le cercle qu'elles ont formé, les forçant à lui parler.

Jules les observe de loin et devine qu'une vive discussion vient d'éclater. Camille s'énerve, elle fait face à ses «amies» qui se sont liguées contre elle. On parle de lui, Jules en est certain. Les têtes se tournent dans sa direction. On le désigne même du doigt à un moment donné. Des hommes du comité des fêtes s'en mêlent, apparemment pour calmer les unes et les autres. Ils prennent Camille à part et lui parlent. Elle revient vers Jules.

«Allons-nous-en», signe-t-elle nerveusement.

«Qu'est-ce qui se passe?»

«Pas maintenant. Je t'expliquerai, mais pas ici.»

Ils marchent d'un pas décidé en direction des vignes tout d'abord. Puis Camille semble réfléchir, changer d'avis, et elle fait brutalement demi-tour pour revenir vers sa maison.

«Alors? Qu'est-ce qu'il y a?»

«Le maire a été arrêté. Jacques Geiss. Ils disent que c'est de votre faute, à Rémi et à toi.»

«Qui ça, "ils"?»

« Tout le monde. Ils vous traitent de fouille-merde et vous interdisent de remettre les pieds à la fête.»

«Il n'y a même pas une semaine, ils prétendaient tous que ton père et le maire étaient de mèche. Maintenant, ils le défendent?»

«Les gens sont comme ça.»

«Qu'est-ce que ça peut leur faire, à tes copines, si le maire a été arrêté?»

«L'une d'elles est sa petite-fille. Quoi qu'il en soit, les Geiss sont très puissants. Le maire est connu et craint. Il fait beaucoup pour le village. Les gens de Nerhussen le soutiennent parce qu'ils ont peur de se retrouver orphelins.»

«Ce sont les flics qui leur ont dit qu'on leur avait parlé, ou quoi?»

«C'est ce qu'on va voir. Je vais d'abord raconter à mon père ce qui vient de se passer. Ensuite, il faudra appeler le capitaine Croville. S'il a fait arrêter Jacques Geiss, c'est qu'il a trouvé des preuves pour étayer ce que nous lui avons révélé hier.»

«Il n'a pas été assez bête pour crier sur tous les toits que c'est nous qui avons "enquêté" sur la famille Geiss, tout de même!»

«Quelle autre explication?»

Jules enfonce ses mains dans ses poches, ce qui, pour un sourd, veut dire qu'il en a assez de «parler».

Chez les Gruber, quand Denis apprend de la bouche de sa fille ce qui se dit dans le village au sujet de son fils et d'un de ses invités, c'est le branle-bas de combat. Les grands-parents, qui étaient là, écoutent leur petite-fille avec stupeur. Comme s'ils avaient senti que quelque chose de grave se tramait, l'oncle de Rémi – le fameux Benoît que Jules n'aperçoit que rarement – et les parents des jumelles se sont également invités. L'atmosphère est celle d'un conseil de guerre. Les Gruber tombent des nues quand Camille leur révèle l'arrestation du maire. Mais Denis s'énerve en découvrant que Jules et Camille ont continué à fouiner dans les affaires des Geiss alors qu'il avait déclaré l'affaire close. Jules lui jure que

Camille n'a pas désobéi... Rémi non plus d'ailleurs. À partir du moment où Rémi en a reçu l'interdiction, il n'a plus participé aux recherches. Lui seul est à blâmer. Denis se calme momentanément, mais le ton monte à nouveau lorsque Camille le met au courant de la déposition qu'ils ont faite à la gendarmerie sans l'en informer. Elle a beau lui assurer que le capitaine Croville avait promis qu'il le contacterait, il maintient que c'était à elle de lui en parler.

Pourtant, il y a quelque chose qui le met plus en rogne encore : c'est qu'on puisse agresser sa fille et déclarer ses enfants *personae non gratae* à la fête du 14 Juillet ! Lui faire ça à lui, le chef des pompiers, quand on sait tout ce qu'il fait pour le village ! Cela le met hors de lui. Sa première réaction est de vouloir se rendre sur la place du village et de défier quiconque osera lui dire en face, d'homme à homme, que les Gruber n'ont pas le droit de venir à la fête. Mais Karine et Camille, mère et fille, s'unissent pour l'en dissuader : cela ne ferait qu'envenimer les choses. Les gens sont en colère pour l'instant mais si Jacques Geiss est effectivement coupable, il sera mis en examen et ils se rendront à la raison. Ils approuveront ce que Jules, Rémi et Camille ont fait. Cela prendra du temps, mais les esprits se calmeront et tout rentrera dans l'ordre. Jules suit la conversation grâce à Camille qui continue à signer sommairement pour lui ce qui se dit.

Une fois apaisé, Denis se décide enfin à appeler le capitaine Croville. Il est vingt et une heures passées, il n'y a plus personne à la brigade, les appels sont transférés au standard de garde mais Denis, en tant que chef des pompiers, possède le numéro de portable du capitaine.

Tout le monde est suspendu à ses lèvres, essayant de capter des bribes de ce que dit le capitaine Croville à l'autre bout du fil. Jules, lui, n'a même pas droit aux réactions de Denis pour suivre la teneur de l'échange. Il est contraint de patienter pendant le coup de téléphone ; mais, étant donné que la conversation s'éternise, il décide de s'éclipser et d'aller rendre visite à Rémi, toujours alité. Celui-ci n'a bien évidemment rien entendu des éclats de voix de son père et n'est pas au courant de la tournure des événements. Peut-être dort-il déjà ? Jules se dirige vers les chambres et aperçoit un rai de lumière sous la porte de celle de son ami. Il la pousse légèrement, juste assez pour laisser passer une main qu'il agite pour prévenir qu'il va entrer. Il attend deux ou trois secondes, ouvre un peu plus la porte jusqu'à ce qu'il puisse glisser sa tête dans l'entrebâillement. Rémi est assis dans son lit, yeux fermés, le teint pâle et les cheveux en bataille... Il semble dormir. Il règne une odeur de vomi dans la chambre malgré les fenêtres grandes ouvertes. Il est sur le point de refermer la porte quand Rémi ouvre les yeux et l'invite à entrer.

« Putain, j'ai fait le con. Je suis malade comme un chien. »

« J'ai appris ça par ta mère. »

« Elle est folle de colère contre moi. »

« Elle est surtout inquiète, j'ai l'impression. »

« Pff. Elle s'en fait toujours trop, ma mère. »

« C'est ça les parents : ils s'inquiètent pour nous. Cela dit, il leur arrive d'avoir raison... Si tu voyais ta tête, tu fais peur. »

« Tu ne vas pas me faire la morale en plus. Pas toi. »

« Non. Mais franchement, quel intérêt de faire ça ? »

« Oh, ça va. Lâche-moi ! »

Rémi éteint sa lampe de chevet et se retourne dans le lit. Jules ne se formalise pas, il sait que la vérité est parfois dure à entendre et que Rémi n'est pas dans les meilleures dispositions pour discuter de cela. Il se lève et quitte la chambre.

Dans la cuisine, Camille lui annonce que les gendarmes ont relâché Jacques Geiss il y a une heure à peine.

« En ce moment, il doit parader au beau milieu de la fête. »

« Comment ça, relâché ? »

« Ce n'était qu'une audition. Ils lui ont posé des questions, ils ont fait un prélèvement ADN, mais rien de plus. »

«S'ils l'ont convoqué, c'est parce qu'ils avaient trouvé quelque chose contre lui, non? Alors, pourquoi ils ne l'ont pas mis en examen?»

«Parce qu'il a un alibi pour la nuit de l'accident. Il était avec Henri Fluck.»

«Qui?»

«Le député du coin. Autrement dit, c'est du béton. Mon père dit que c'est impossible de remettre en question la parole d'un député. Fluck a confirmé avoir passé la soirée chez les Geiss. Il en est parti sur le coup de une heure du matin. L'accident avait déjà eu lieu.»

«Et l'ADN?»

«Ça va prendre quelques jours avant d'avoir un résultat, peut-être même une ou deux semaines. De toute façon, Croville ne pense pas que ça donnera grand-chose.»

«Pourquoi?»

«Je te rappelle qu'il n'y avait aucune trace d'autre chose que son propre ADN sur le corps d'Étienne Liais. Il y avait de la peau sous ses ongles, mais c'était la sienne. Tout ce que l'on peut reprocher aux Geiss, c'est une série de coïncidences douteuses qui remontent à la Seconde Guerre mondiale... Du temps du père de Jacques Geiss. On ne peut pas l'arrêter pour ça.»

«Alors, pourquoi avoir fait un prélèvement ADN sur lui?»

«Au cas où. C'est la procédure, de nos jours.»

«Et c'est la procédure de dire à tout le village que c'est nous qui avons témoigné à la gendarmerie?»

«Le capitaine Croville ne sait pas d'où vient la fuite. Ce n'est pas lui en tout cas, il dit que jamais il n'aurait pris le risque de nous exposer.»

Jules prend un air sceptique. Mais Camille se fait convaincante:

«Rémi et toi n'avez pas été très discrets quand vous avez fait vos recherches. Le maire connaît du monde partout, n'importe qui a pu parler.»

Jules repense à leurs premières démarches à la mairie de Nerhussen. Camille a probablement raison. Il est persuadé que la secrétaire de mairie, cette vieille chouette, s'est précipitée chez le maire pour le prévenir que quelqu'un fouinait dans les vieilles histoires du village.

De toute façon, qu'importe maintenant? La fête est gâchée et il repart dans deux jours. Plus que deux soirées en compagnie de Camille et ils devront se dire au revoir pour au moins un an. À moins que... À moins qu'elle ne descende à Toulouse pour les vacances de Toussaint. Ou que lui ne revienne en Alsace pour Noël. Mais Camille n'a rien évoqué de tel. Et puis, qu'est-ce qui lui garantit qu'elle ne rencontrera pas un joli futur infirmier si elle est reçue à son concours, un étudiant de son âge et entendant? Pas comme lui.

Camille coupe court à ses idées noires en posant sa main sur la sienne.

« Allons nous balader. Je voudrais te montrer un endroit magique. »

Jules se laisse entraîner.

« Où c'est ? »

« Au-dessus du village, tu verras. »

Les deux amoureux prennent soin d'éviter la place centrale et les ruelles qui y mènent car ils risqueraient d'y faire des rencontres inamicales. Camille sait trop ce que peuvent faire des esprits échauffés par le vin et troublés par les idées du maire et de sa clique. S'il n'était pas déjà sourd, les oreilles du Français de l'intérieur, comme on appelle Jules dans le village, siffleraient en ce moment même.

Ils contournent donc le village par la route du vin et rejoignent les dernières maisons par le chemin qui longe l'orée du bois. La lune est brillante ce soir, elle illumine les taillis et se reflète sur les tuiles des toits. Camille, tout en marchant aux côtés de Jules, lui décrit ce qu'elle entend, ces sons dont Jules essaie de se souvenir pour être un peu plus avec elle : le lointain murmure de l'autoroute dans la plaine ; un train qui passe, dont le bruit couvre momentanément celui des voitures ; les cris et la musique de la fête ; deux chouettes qui se répondent ; leurs pas sur le sol jonché de brindilles et de feuilles.

Après cinq minutes de marche en bordure de forêt, ils parviennent à un abri sous la roche, sorte de crypte dont Jules ne saurait dire si elle a été aménagée par l'homme ou si sa disposition relève des hasards de la géologie. Au fond de cette espèce de grotte trône une Sainte Vierge tenant un Christ nouveau-né dans ses bras. C'est une simple statuette de plâtre mais elle semble occuper tout l'espace. Aux pieds de la Vierge Marie, à même le sol, de l'eau affleure. Jules la distingue mal tout d'abord tellement il fait sombre mais, en s'approchant, il constate que la surface de la flaque est agitée par un frisson, comme si un geyser était prêt à jaillir de cette anfractuosité dans la glaise. Il voit à peine les mains de Camille qui expliquent :

« C'est une source magique. On ne sait pas d'où l'eau vient ni où elle va. Tu vois, elle est là, elle suinte de dessous, mais elle ne va nulle part. Pourtant, elle coule en permanence. C'est étroit et très profond. On n'a jamais pu en mesurer le fond. »

« Tu me fais marcher ! »

« Pas du tout. C'est une eau qui a des pouvoirs. »

« Ah bon ? Lesquels ? »

« Elle rend les couples éternels. Il suffit de graver ses initiales à côté de celles de son amoureux à l'aide d'une pièce sur l'une des pierres de la grotte, puis de jeter la pièce dans la source après s'être embrassés.

Jules se retient d'éclater de rire. Il est partagé entre l'envie de se moquer de ces croyances ancestrales un tantinet fleur bleue, bonnes pour les filles, et l'envie d'y croire. Finalement, il réalise que Camille est en train de lui faire une déclaration d'amour. Idiot qu'il est, il a failli ne pas comprendre. Il l'attire vers lui et se dit qu'il aurait tort de se priver du plaisir d'embrasser Camille dans la grotte magique de Nerhussen.

Quelques minutes plus tard, après avoir marqué les parois de granit de leurs prénoms à côté de centaines d'autres plus ou moins effacés, avoir échangé un long baiser et laissé tomber la pièce de deux euros dans la fontaine magique, ils refont surface dans la nuit chaude. Camille dit qu'en poursuivant leur chemin en lisière de la forêt, ils arriveront en haut de la combe, là où se trouve leur arbre. Jules se fiche pas mal de savoir où ils vont, pourvu qu'ils y aillent ensemble et qu'ils rentrent chez eux le plus tard possible. Elle s'apprête à le précéder sur le sentier quand soudain elle recule vers l'intérieur de la grotte. Elle l'entraîne à sa suite tout en lui faisant signe de ne pas faire de bruit. Jules fait une mimique d'incompréhension, mais elle lui intime le silence total par un geste sec de la main. Elle se plaque contre la paroi et scrute l'extérieur en faisant très attention de ne pas être vue. Jules comprend que quelqu'un vient et l'imite. Ce qu'il découvre le fait frissonner. Une apparition, un spectre : une vieille femme avance. Son corps, si chétif qu'il en est diaphane, se confond avec sa chemise de nuit. Celle-ci flotte alors qu'elle fait un pas à droite, un autre à gauche. Ses cheveux détachés se mêlent aux étoiles. Ils sont aussi blancs que la liquette qu'elle porte. Ils semblent une couronne d'herbes folles sur sa tête, coiffant des yeux exorbités. Bras levés au ciel, hagarde, elle crie après des fantômes ou elle invoque le nom de quelqu'un. Mais ce n'est pas quelqu'un de ce monde. Elle-même ne fait plus partie des vivants. Jules se tourne vers Camille, espérant qu'elle lui traduise en langue des signes les incantations de la vieillarde. Mais Camille tend l'oreille en fronçant les sourcils ; elle lève la main pour le faire patienter. Elle écoute et essaie de comprendre ce que dit la revenante dont les yeux hallucinés sont emplis de douleur, comme si un grand malheur l'avait rendue folle.

La scène ne dure qu'un instant. Rapidement, un homme d'âge mûr, plus jeune que l'apparition cependant, arrive et l'emmène de force.

« Le maire ! » signe enfin Camille en désignant l'homme.

« C'est sa femme ? »

Camille hausse les épaules.

« Sa mère. »

Jacques Geiss a jeté une veste sur les épaules de la vieillarde et l'entraîne en direction de leur propriété. Il la presse délicatement mais fermement. À plusieurs reprises, il vérifie que personne ne les a vus ou entendus.

Jules attend qu'ils aient disparu pour demander à Camille :

«Qu'est-ce qu'elle disait?»

«Je n'ai pas tout compris parce que c'était de l'alsacien. Il était question de son mari et d'une grande faute.»

«Qu'est-ce que ça veut dire, d'après toi?»

«Je ne sais pas. En tout cas, tu as vu? Son fils avait l'air drôlement embêté!»

Jules acquiesce d'un hochement de tête.

«C'était flippant», conclut Camille.

Les deux adolescents, bouleversés par la scène à laquelle ils viennent d'assister, quittent la grotte pour se diriger vers leur noyer, tout en se perdant en conjectures sur ce qu'a pu vouloir dire la grand-mère Geiss. Décidément, le mystère s'épaissit et il semble que Jules doive quitter le village sans les réponses à toutes les questions qu'il se pose. L'Alsace ne se dévoile pas facilement, se dit-il. Elle vous accueille aisément et chaleureusement, mais elle ne vous offre que sa surface; on ne la connaît pas vraiment, au fond.

«Et toi, quel secret as-tu à me révéler?» signe-t-il pour plaisanter avant d'attraper Camille par les épaules.

Il la voit éclater de rire, dégager ses bras de son emprise pour parvenir à signer:

«Je suis la fille de Dark Vador!»

Instantanément, Jules simule l'effroi, saisit un bâton et se transforme en chevalier Jedi. Il met Camille en joue. Celle-ci, à son tour, ramasse la première branche morte venue. Commence alors un combat sous la lune, qui les amène jusque dans les vignes et s'achève sous leur noyer par une victoire de l'amour alors que Luke Skywalker tombe dans les bras de la princesse Leia.

19

Dès huit heures du matin, Rémi rejoint son père à la cave. Jules n'a même pas eu le temps de le voir car ils sont déjà dans les vignes quand il se lève.

En attendant que Camille se réveille, il tourne en rond dans le gîte et sur la terrasse. Sa mère, qui est déjà en train de faire du rangement, le remarque.

«Qu'est-ce qui ne va pas, mon biquet?»

Jules note qu'elle a appris le mot «biquet» en langue des signes. Elle ne l'avait plus appelé ainsi depuis qu'il est sourd. Ça le fait sourire.

«Tu t'ennuies?»

Jules connaît sa mère par cœur, il sait ce qui va suivre:

«Aide-moi plutôt à passer l'aspirateur dans ta chambre, ça te changera les idées.»

Jules disparaît. Il décide de descendre à pied jusqu'au village le plus proche, dans la plaine. Il emprunte le chemin qui passe à travers les vignes ; ses pas l'amènent aux fameux rieslings tronçonnés. Le lieu du crime ! se dit-il. Les moignons sont toujours là, pointés vers le ciel, désormais inutiles et un peu ridicules. Les plantes repousseront, la nature est ainsi faite, elles s'acharnent malgré l'adversité. Elles ne connaissent pas le désespoir, elles. Les lianes, tout comme les fleurs et les arbres, ne se laissent pas mourir. Seulement, voilà ! Elles ont été coupées sous la greffe, lui a expliqué Denis. Ce qui poussera ne donnera rien de bon. Ces vignes sont foutues, il faudra les arracher cet hiver et en replanter de nouvelles.

Jules continue sa promenade. Une fois parvenu à destination, il s'achète un bretzel à la boulangerie et remonte à Nerhussen. Il sait que Camille ne se lève pas avant midi, aussi prend-il son temps sur le chemin du retour. Il essaie de repérer la fourgonnette de Denis ou son tracteur, mais il ne distingue rien de là où il est, si bas entre les rangées de vigne.

Il est plus de onze heures quand il parvient enfin au panneau *Nerhussen*.

Il espère avoir la possibilité de parler à Rémi au moment du déjeuner mais il apprend par Karine que Denis et lui ne rentreront pas entre midi et deux heures. Ils ont une course à faire chez un fournisseur dans la zone industrielle de Mulhouse et prendront un sandwich sur place. Jules est embêté. Il aurait bien aimé passer du temps avec son copain avant de quitter l'Alsace, or il sait que son après-midi et sa soirée seront consacrés à Camille.

Les derniers moments auprès d'elle sont insoutenables. Alors qu'il devrait profiter pleinement de sa présence, Jules se laisse gagner par une espèce de mélancolie qui gâche tout. Ce qui le désespère le plus, c'est qu'elle ne semble pas partager ces sentiments. Camille est joyeuse. À croire que leur séparation proche ne l'affecte pas. Quand il lui demande ce qu'elle ressent, elle répond qu'elle est triste à l'idée qu'ils vont se quitter, certes, mais que rien ne sert de se morfondre. Il est conscient que c'est elle qui a raison, que son attitude est moins puérile. Cependant, cela le fait enrager. Si elle était éprise de lui autant qu'il l'est d'elle, pense-t-il, elle ne supporterait pas cette échéance, elle se comporterait comme lui, elle serait désespérée. Pourtant, ce qu'il aime chez Camille, c'est justement sa légèreté et sa joie de vivre. Rien n'atteint sa bonne humeur quand elle est avec lui.

Après le repas du soir, ils s'éclipsent et ne rentrent que très tard dans la nuit. Jules sait qu'il doit se lever tôt le lendemain, mais il se fiche éperdument de la fatigue : il pourra dormir tout son saoul dans la voiture, il aura dix heures pour cela. Ce qui compte pour le moment, c'est de ne pas perdre une miette de Camille. Même ses parents semblent l'avoir compris ; ils ne sont pas debout pour l'accueillir comme d'habitude quand il rentre tard. Cette fois, quand il passe devant leur porte, leur chambre est plongée dans le noir.

20

Le départ a été fixé à sept heures du matin. Le père de Jules veut toujours partir très tôt quand il a un long trajet à faire, soi-disant pour éviter les bouchons. Si le reste de la famille l'avait écouté, ils seraient partis à cinq heures, avant le lever du soleil. Heureusement, son épouse est parvenue à le rassurer sur l'état du trafic : on n'a jamais vu de bouchons un mardi ! Les prévisions de circulation, Bison Futé en tête, sont d'accord avec elle : ils peuvent prendre leur temps. Après tout, ils sont encore en vacances !

Denis et Karine ont tenu à être présents pour leur dire au revoir. Rémi est là également, ainsi que les cousines jumelles. Même Camille a fait l'effort surhumain de se lever. Pour l'heure, elle plaisante avec Jeanne, les yeux encore fermés par le sommeil.

L'estomac de Jules est noué. Il voudrait tellement prendre Camille à part, se retrouver seul avec elle. Mais il n'ose pas. Au lieu de cela, elle se tient à plusieurs mètres de lui et perd stupidement son temps avec Jeanne ! Une envie subite de pleurer le saisit ; mais c'est impossible, il ne peut pas se ridiculiser devant tout le monde ! Quelle image déplorable montrerait-il à Camille ! Alors il se tourne vers Rémi et le salue virilement en lui promettant qu'ils se reverront bien vite. Rémi lui lance un clin d'œil en désignant sa sœur du menton et rétorque qu'il n'en doute pas un instant. À ce moment, Camille le regarde en souriant et lui fait un signe pour l'attirer à l'écart. Sans qu'il s'y attende, elle pose ses mains sur ses joues, puis elle approche sa tête de la sienne et l'embrasse longuement. Jules ne sait si ce baiser dure quelques secondes ou des heures, mais tout s'évanouit autour d'eux. Camille et lui sont à l'intérieur d'une bulle qui les isole du reste de la planète. Puis elle s'écarte légèrement et, tout en maintenant la tête de Jules entre ses mains à quelques centimètres de la sienne pour que personne ne puisse voir ce qu'ils se disent, elle articule distinctement un « Je t'aime » qui laisse Jules complètement muet. Il faut qu'il fasse appel à tout son bon sens pour ne pas rester planté là comme un piquet. Jeanne, déjà installée à l'arrière de la voiture, le casque de son MP3 sur les oreilles et une console DS dans les mains, n'a rien vu. Les adultes, de leur côté, font comme si rien ne s'était passé. Jules rassemble ce qui lui reste de lucidité pour serrer la main de Denis, embrasser Karine et les cousines, puis monter dans la voiture, les joues en feu, une fournaise au fond de la poitrine et le cerveau en ébullition.

21

Le trajet de retour ne ressemble en rien à celui de l'aller. Jules ne se sent plus le même. Tant de choses ont changé, tant d'événements ont eu lieu. Les kilomètres ne se comptent plus en heures mais en nombre de SMS échangés avec Camille. Il a une copine maintenant, qui le soutient mais qui compte aussi sur lui. Camille dit qu'elle a retrouvé l'envie de travailler, de réussir ce concours... Pour lui, et grâce à lui. Jules n'avait jamais envisagé cela, surtout depuis qu'il est sourd : être utile à quelqu'un.

Les jours passent, rythmés par les SMS et leurs conversations sur Skype. Ils ont pris l'habitude de photographier tout ce qu'ils voient et de s'envoyer les clichés. C'est leur façon de demeurer ensemble. Ils mènent ainsi une espèce de double vie qui nourrit leur amour. D'ailleurs, au fil du temps, leurs confidences se font plus intimes. Contrairement à ce que Jules avait craint, la distance ne les a pas éloignés. On dit parfois «loin des yeux, loin du cœur», c'est peut-être faux, après tout.

Jules commence à envisager la possibilité de monter seul en train en Alsace avant la fin de l'été. Il en a parlé à ses parents. Ils vont en discuter avec ceux de Camille.

La chaleur en cette fin de juillet à Toulouse est accablante.

Un soir, il reçoit un long mail de Camille. Il en est surpris parce qu'ils communiquent davantage par textos courts que par mails rédigés. L'objet du message, *Tu ne vas pas le croire!!!*, intrigue Jules qui double-clique dessus sans perdre une seconde.

J'ai une nouvelle incroyable: le maire a avoué le meurtre d'Étienne Liais!!! Tous les journaux en parlent depuis hier, et même la télé! Nous, on a eu l'info de première main: le capitaine Croville est venu à la maison, «en visite officieuse», il a dit. Voilà comment ça s'est passé: d'abord, les résultats du test ont révélé que Jacques Geiss et Étienne Liais avaient exactement le même ADN. Ils étaient frères jumeaux!!! Tu te rends compte?! Ils ne se ressemblaient pas, tu me diras. Mais c'est parce que, quand ils sont nés, le premier à sortir était Jacques Geiss, et l'autre (Étienne Liais) est resté coincé et il s'est étouffé avec le cordon ombilical de son frère. On l'a sauvé in extremis mais une partie de son cerveau n'a pas été oxygénée pendant plusieurs minutes et ça l'a laissé paralysé d'un côté, et après il n'a pas grandi correctement. Donc, en fait, ils se ressemblaient mais y en a un qui était tout petit et chétif, et l'autre grand et costaud... Sans parler des lunettes et de la barbe que portait Étienne Liais, alors que le maire, lui, n'a rien.

Ce n'est pas tout. Après la clôture de l'enquête de la gendarmerie de Wintzenheim, avant qu'on y aille tous les deux, le parquet de Colmar a transmis le dossier aux flics de Tarbes, qui ont mené une enquête de voisinage pour savoir si Étienne Liais vivait avec quelqu'un, à qui donner ses biens, son appartement, etc. Apparemment, il n'avait pas de proches. Il n'était pas marié ni rien. Alors la mairie de Tarbes a demandé à un huissier de là-bas de faire les recherches nécessaires pour retrouver d'éventuels descendants, ou un testament s'il en avait fait un. C'est la procédure normale en cas de décès, paraît-il. C'est comme ça qu'ils ont mis la main sur un document écrit, déposé par Étienne Liais chez un notaire quelques jours seulement avant de partir en Alsace et donc de mourir.

C'est là que ça devient dingue. Tu avais tout trouvé, en fait. Écoute ça : ce document était une lettre d'une certaine sœur Marie-Thérèse, une nonne, sage-femme à l'hôpital pour les indigents (ça veut dire les «pauvres», j'ai regardé dans le dictionnaire) de Vic-en-Bigorre dans les Hautes-Pyrénées. C'est pas très loin de Tarbes. Elle avait écrit sa lettre dans les années 1980 et l'avait confiée à son notaire pour qu'elle soit transmise à Étienne Liais le jour de sa mort. Elle est morte très vieille, à l'âge de quatre-vingt-seize ans, il y a deux mois. Dans cette lettre, elle expliquait que, alors qu'elle était jeune infirmière, elle avait reçu une femme, une Alsacienne, qui portait le nom de Joséphine Stahl. Elle avait passé plusieurs semaines cachée dans un couvent parce qu'elle était enceinte et, quand elle a été amenée à l'hôpital des indigents, elle était très faible, seule et effrayée, et sur le point d'accoucher. Elle a donné le jour à des jumeaux dont l'un était quasiment mort-né asphyxié. L'autre était en parfaite santé. La jeune fille, qui n'avait pas encore dix-huit ans, n'a pas survécu. Elle est décédée d'une septicémie dans les heures qui ont suivi, dans les bras de sœur Marie-Thérèse. Mais avant de mourir, elle lui a confié son histoire en lui faisant promettre de dire un jour toute la vérité à ses enfants. Elle avait été violée par un homme marié de son village, un homme puissant qui s'était assuré de son silence en la menaçant des pires représailles. Pour ajouter à son malheur, elle était tombée enceinte, et ses parents, à qui elle ne pouvait pas révéler l'identité du père, l'avaient reniée et bannie du village. L'homme marié lui avait alors proposé un marché ignoble : il l'aidait financièrement pour qu'elle puisse passer en France et aller accoucher en zone libre, là où personne ne risquerait de la reconnaître ; en échange, elle lui donnerait l'enfant parce que sa femme à lui ne pouvait pas en avoir. Il avait des connaissances chez des religieuses, et c'est comme ça que Joséphine Stahl s'est retrouvée à Vic-en-Bigorre, où l'homme marié a subvenu à ses besoins en lui envoyant des colis et de l'argent jusqu'à l'accouchement. Sauf que Joséphine Stahl est morte en couches et qu'il y avait non pas un mais deux enfants.

Deux jours plus tard, l'homme, prévenu par la mère supérieure comme convenu, a débarqué à l'hôpital accompagné de sa femme. Il a pris le bébé sain, laissant l'autre, chétif et déjà paralysé d'un côté, aux soins des bonnes sœurs. En apprenant que Joséphine Stahl était morte, il a juste dit : « La malheureuse. » C'était la guerre, tout était très confus, il a fait une donation importante à l'hospice, la mère supérieure n'a pas été très regardante. Après tout, ça faisait un orphelin de moins. Elle comprenait parfaitement que ces gens ne souhaitent pas s'embarrasser d'un handicapé qui aurait été un fardeau.

Tu l'as compris, le monsieur et la dame, c'était François Geiss et son épouse, la vieille dame en robe de nuit qui parlait toute seule le soir de la fête ; et le bébé qu'ils ont pris, c'était Jacques Geiss, le maire. Quelques mois avant la naissance des jumeaux, madame Geiss avait quitté le village soi-disant pour aller accoucher chez ses parents, à Mulhouse. Personne n'a mis en doute le fait que l'enfant était d'elle.

Plus tard, Étienne Liais a été placé à l'assistance publique, mais sœur Marie-Thérèse a toujours pris de ses nouvelles.

Quand il a eu connaissance du contenu de la lettre, le capitaine Croville a demandé au parquet de Tarbes de rouvrir l'enquête. Surtout qu'entre-temps tu lui avais appris ce que tu savais sur l'exécution des Stahl à la Libération, le rachat des vignes aux enchères par François Geiss... Dès que le procureur a donné son feu vert, les gendarmes ont débarqué chez les Geiss pour mettre le maire en garde à vue cette fois. Ils sont venus le chercher en plein milieu d'après-midi, les ouvriers de la cave étaient présents, les employés des bureaux... C'est le moment qu'a choisi sa mère, la vieille folle pas si folle en fait, pour entrer en scène. Comme la nuit où nous l'avons vue, sauf que là son fils n'a pas pu l'empêcher d'aller jusqu'au bout, elle s'est mise à crier devant tout le monde que son fils n'était pas son fils, que le boiteux était son frère jumeau, tous deux nés du péché, que son mari, non content d'avoir violé une jeune fille, avait fait fusiller et avait spolié sa famille entière pour effacer toute trace de sa culpabilité, que ce qui arrivait n'était pas la faute de Jacques, que celui-ci expiait les fautes de son père mort depuis des années et certainement en enfer à l'heure qu'il était. La plupart des gendarmes sont alsaciens. Ils ont compris ce qu'elle disait et rapporté ses propos délirants au capitaine Croville. La nouvelle s'est répandue comme une traînée de poudre dans le village. Le lendemain, les journaux ne parlaient que de ça. Devant le scandale, le maire a fini par avouer. À ce qu'il paraît, il était effondré. Il n'était au courant de rien jusqu'à ce qu'Étienne Liais vienne à lui avec une histoire abracadabrante de frères jumeaux, d'héritage qu'il devait partager... Celui-ci a exigé la moitié du domaine, menaçant de révéler à tout le monde que son père, leur père, avait violé une mineure, qu'il avait fait condamner des innocents par son tribunal de la Résistance... Jacques Geiss l'a d'abord envoyé paître, alors l'autre s'est énervé et a tronçonné des pieds de vigne avant de revenir exiger sa part d'héritage. Une dispute s'est ensuivie au cours de laquelle Étienne Liais a été déséquilibré par un geste un peu brusque de son frère. Il est tombé à la renverse et a heurté l'angle d'une commode dans le salon familial. Il est mort sur le coup. Pris de panique, le maire s'est construit un alibi avec la complicité de Fluck, le député, et ensemble ils ont mis en scène un accident de la route... Presque parfait !

C'est dingue, non ? Et tout ça a été découvert grâce à toi ! Tu te rends compte ? Après avoir été rejeté par tout le monde ici à Nerhussen, tu seras accueilli comme un héros la prochaine fois que tu viendras.

En lisant les derniers mots de Camille, Jules se pâme de fierté : il est à l'origine d'une arrestation spectaculaire grâce à laquelle son amoureuse le qualifie de « héros » !

Il relit une deuxième puis une troisième fois le long mail de Camille, avant d'ouvrir l'article des *DNA* qu'elle a scanné et mis en pièce jointe, relatant l'enquête rocambolesque du capitaine Croville.

Jules sourit et inspire profondément, conscient d'avoir accompli un exploit pour la première fois de sa vie. Depuis qu'il est sourd, chaque événement heureux est l'occasion d'avoir une pensée émue pour Damien, l'infirmier. Celui-ci lui avait d'ailleurs suggéré, à sa sortie d'hôpital, d'établir une liste de *Choses positives* qui lui arriveraient au cours des mois suivants, et de s'efforcer de la compléter un peu tous les jours. Après la rencontre avec Camille, il pourrait aujourd'hui y faire figurer le dénouement incroyable de ses aventures alsaciennes.

L'auteur

Benoît Séverac est romancier et nouvelliste, auteur de littérature policière et noire pour les adultes et pour la jeunesse. Il vit à Toulouse.

Du même auteur, aux éditions Syros

Silence, coll. «Rat noir», 2011

Prix du Polar Jeunesse francophone de Montigny-lès-Cormeilles 2012
Prix de littérature jeunesse de Balma 2012
Prix du salon de littérature jeunesse de Mirande 2012
Prix de la ville de Loudéac et de la Cidéral 2013
Prix des lycéens de Sablé-sur-Sarthe 2013
Prix des collégiens du Territoire de Belfort 2013
Prix Aficion'ados des Landes 2013
Sélection officielle du prix des Incorruptibles 2013, catégorie 3e/2nde

Dans la collection

RAT NOIR

Piste noire, Christine Beigel, 2006

Garde à vie, A. H. Benotman, 2011

Shooting Star, Stéphanie Benson, 2008

(Prix Stendhal des lycéens 2009, prix littéraire de la Citoyenneté 2010)

Le Passager clandestin, Dominique Delahaye, 2012

Sans vérité, Dominique Forma, 2010

Une sonate pour Rudy, Claire Gratias, 2006

(Prix Sésame 2007 de Saint-Paul-Trois-Châteaux, prix Enlivrez-vous en mai de Thionville 2007, prix Romanphile 2007, prix des collèges du Territoire de Belfort 2007, Livre d'or des jeunes lecteurs de Valenciennes, catégorie senior, 2008, prix Adolire – prix des lecteurs en Morbihan 2007/2008, prix du jury littéraire de Trignac, Loire-Atlantique, 2008, prix des prix du Territoire de Belfort 2008)

Le Passager de l'orage, Claire Gratias, 2008

Breaking the Wall, Claire Gratias, 2009

(Prix Ruralivres en Cambrésis 2011, prix du roman historique de la Vienne 2011, prix du roman historique des «Rendez-vous de l'Histoire» 2011)

Quand la banlieue dort, Benjamin et Julien Guérif, 2009

(Prix Trégor Ados 2010)

Pour toi, j'ai volé, Benjamin et Julien Guérif, 2010

Le Petit Sommeil, Benjamin et Julien Guérif, 2011

La Fille aux doigts d'or, Benjamin et Julien Guérif, 2013

Luz, Marin Ledun, 2012

La Grande Môme, Jérôme Leroy, 2007
(Prix du Meilleur Polar Jeunesse de Montigny-lès-Cormeilles 2008)

Norlande, Jérôme Leroy, 2013

Allers sans retours, Jean-Hugues Oppel, 2008

J'ai jeté mon portable, Serge Quadruppani, 2007

Terminale Terminus, Thierry Robberecht, 2010
(Prix de la NRP 2011, prix Frissons du Vercors 2011, prix «Pris par le polar», Hautes-Pyrénées, 2011, prix Farniente 2012)

En fuite, Thierry Robberecht, 2012
(Prix Adolire – prix des lecteurs en Morbihan 2013)

Silence, Benoît Séverac, 2011
(Prix du Polar Jeunesse francophone de Montigny-lès-Cormeilles 2012, prix de littérature jeunesse de Balma 2012, prix du salon de littérature jeunesse de Mirande 2012, prix de la ville de Loudéac et de la Cidéral 2013, prix des lycéens de Sablé-sur-Sarthe 2013, prix des collégiens du Territoire de Belfort 2013, prix Aficion'ados des Landes 2013, sélection officielle du prix des Incorruptibles 2013, catégorie 3e/2nde)

Le garçon de l'intérieur, Benoît Séverac, 2013

Qui se souvient de Paula ?, Romain Slocombe, 2008

Conforme à la loi n° 49 956 du 16 juillet 1949
sur les publications destinées à la jeunesse

Mise en pages : DV Arts Graphiques à La Rochelle
N° éditeur : 10195639 – Dépôt légal : septembre 2013
Imprimé en France par Laballery
N° d'imprimeur : 307365